书的故事

[苏] 伊林 著　王炳基 译

北京联合出版公司
Beijing United Publishing Co.,Ltd.

只 为 优 质 阅 读

好
读

Goodreads

伊林说得不错:“一本书都不是偶然的，因为书的生活断不能和人的生活分离。”从翻译上看来，也是如此。

——胡愈之*

伊林的作品是给少年和大众的不可多得的精神上的粮食，所以总是抱着一颗热烈的心来翻译。我希望这样有益又有趣的书能够深入到大众里面。

…………

伊林的作品，却是用散文的笔法，借具体的形象来描写事物的现象和道理，极其生动有趣，非常受人欢迎。他凭了他那不可多得的才能，把奥妙复杂的事物，简单明白地讲出来。

——董纯才*

这本《书的故事》告诉我们说：书的观念不是那么狭窄，书的价值也不是那么简单。书的生活中，有喜剧，有悲剧，有冒险的事迹，有悲惨的遭遇，更有最美丽的逸事。它有时穿着雄伟的金装，受人们礼拜；有时被弃在尘垢之中，视同废物；有时默然在黑暗的地窖中度那悠久的岁月，有时忽然走出光明，诉述给我们古昔的可珍可贵的史实。

…………

本书作者伊林，是一位有名的少年读物作家。他的作品在欧洲各国都受少年读者的热烈欢迎。在中国也已有了很好的印象。我希望这本书能不因我的译笔拙劣而减少读者的欣趣。

——张允和 *

书是我们精神上的伴侣，不管是过去，现在，还是未来，书都是我们生活中不可或缺的一部分。苏联著名科普作家伊林，凭借自己的才能，把繁杂枯燥的历史讲得妙趣横生，用通俗易懂的语言，把文字、字母和数字的变迁向我们娓娓道来。我希望，拙译《书的故事》能帮你走进书的世界，更加了解我们这位神奇的“伴侣”。

——王炳基 *

---

* 胡愈之先生为《书的故事》法译汉译者，董纯才、张允和二位先生为《书的故事》英译汉译者，青年译者王炳基为《书的故事》俄译汉译者。在翻译本书时，译者分别参考 1928 年、1933 年、1989 年俄文原版。此次出版的《书的故事》是国内首次以俄文原版翻译而成，沉寂 90 余年的不朽经典终得重见天日。

目录

上卷

第一章　活的书

世界上的第一本书长什么样子呢?

是在印刷厂印制的还是用羽毛笔写成的呢?是纸质的还是其他材质的呢?如果至今还存在这“第一本书”,那可以在哪家图书馆找到呢?

据说,从前有一个怪人,为了找到第一本书,他曾跑遍全世界所有的图书馆。他整天坐在堆积如山的书中,那些书早已发黄,散发着霉味儿。他的衣服和靴了都布满一层厚厚的灰,犹如风尘仆仆的旅人,沾满路上的尘埃。后来,他从紧靠书柜的一架高高的梯子上掉下来摔死了。但假如他再活一百年,也仍将一无所获,因为世界上的第一本书,早在他出生前几千年,就已在泥土中腐烂了。

世界上的第一本书跟现在的书完全不同。那本书有手有脚，不躺在书架上，它能说会道，甚至能唱歌。也就是说，那是一本活的书——人—书。

那时人们还不识字，也不会书写，既没有文字和纸张，也没有墨水和羽毛笔，古老的传说、法律和宗教信仰不是保存在书架上，而是在人类的记忆里。古人虽然死了，但传说却保留了下来。我们之所以把传说称为“传说”，是因为它们是一代一代流传下来的。通过口口相传，这些传说会有一些差别，有些细节被添加了进来，有些细节被遗忘了。时间不断锤炼、打磨那些传说，宛如流水磨光石头。关于某个勇敢的首领的传说，变成了某个勇士的故事，那勇士既不怕箭，也不怕枪，能像狼一样在林中奔跑，像雄鹰一样在空中翱翔。

在我们这里，北方至今还生活着一些说书人，他们大都熟知那些无人记录的勇士故事。其他民族也曾有过类似的说书人。

在古希腊，人们就经常吟唱关于希腊人和特洛伊人之战的故事——《伊利亚特》和《奥德赛》。许多年过去之后，这些故事才用文字记录下来。

说书人，希腊人又称之为说唱家，每逢宴会他们都是嘉宾。

说书人背靠高高的柱子，坐在刻有花纹的椅子上，他的七弦琴则挂在头部上方的钉子上。宴会接近尾声时，一大盘肉和篮子里的面包都吃完了，人们把双耳金酒杯挪开后，吃饱喝足的客人们就等待着说唱家的表演。这时说唱家就取下七弦琴，拨动琴弦，开始吟唱明君奥德修斯和勇士阿喀琉斯的伟大故事。

说唱家的歌虽然优美，但我们的书更佳。我们每个人都可以花几块钱在书店买到一本《伊利亚特》，而且书还很方便，可以放进口袋，它不求吃喝，也不会生病或死亡。

因此，我想起了一个故事。

活图书馆的故事

从前，罗马有一个腰缠万贯的商人，名叫伊采尔。关于他的财富，流传着许多奇闻异事。

他的宫殿大得能够装下整座城市。每天有三百人来伊采尔家做客，他家的餐桌不是一张，而是三十张。

伊采尔会用最美味的菜肴来款待客人，他们不仅可以享用美味佳肴，而且还可以相互间进行风趣诙谐的谈话。

伊采尔应有尽有，唯一缺的只是学识，他的阅读能力也极其糟糕。那些人在他家酒足饭饱后都偷偷嘲笑他。

饭桌上，伊采尔不懂得谈话的技巧。假如他偶然插话的话，他就会发现，客人们都在强忍着笑。

他虽然无法忍受这种情况，但却懒得坐下来读书，更不习惯于埋头苦读。伊采尔为改变现状思索良久，最后终于想出个办法。

他嘱咐自己的管家，从众多的奴仆中，挑选出两百个最有才华和最聪明的人，每个人被指定熟记一本书，比如有人背《伊利亚特》，有人背《奥德赛》等等。

管家竭尽全力，奴仆们也挨了不少打，伊采尔的想法终于实现了。他何必苦读书，他有活的图书馆啊。在酒席谈话间，他只要对管家使个眼色，在墙边一言不发的奴仆中，立刻就会有人走来，说出一句符合情境的名言。于是，人们就按书名使唤那些奴仆，一个叫伊利亚特，另一个叫奥德赛，再一个叫埃涅阿斯纪……

伊采尔终于心满意足了。在罗马，人们都在谈论前所未见的活图书馆。但好景不长，伊采尔炫耀自己的伎俩没几天，意外就发生了，整个罗马又都嘲笑起这个目不识丁的土豪。

像往常一样，用餐完毕，人们开始谈论各种深奥之事，这次谈论的是古人如何宴饮。

“关于宴饮，《伊利亚特》里有一处精彩的描写。”伊采尔说道，并对管家使了个眼色。

但管家不去对奴仆使眼色，反倒双膝跪地，声音颤抖，战战兢兢地说道：“对不起，老爷！伊利亚特今天肚子疼。”

这个故事发生在两千多年前。尽管现在图书馆众多，书籍成千上万，但如果没有活的书的话，也行不通。

要是我们能熟记书中的一切，那就不需要再上学了，也不需要老师的讲解了。你不能问一本书所有的问题，但随时可以问老师你不明白的地方啊！

除了活的书，还有活的报纸。活的报纸比印在纸上的报纸活泼有趣得多！我们在剧院看到的表演，也比我们在书上读到的剧本更精彩。

但假如活的书只是偶尔对我们有益的话，那活的信件真是百无一长了。

古时候，人们还不会写字，自然也没有邮政系统。假如有什么重要的消息需要传达，人们就会派遣报信人，报信人会一字不差地复述嘱托的内容。

如果我们现在仍用报信人，而不是邮递员，那会怎样呢？未必能找到每天能熟记几百封信的人。如果找到了，也未必会有什么好结果。

假设伊凡先生生日那天，报信人来找他。

等待客人的伊凡先生打开门问："有什么事吗？"

"有您的信。信中说：亲爱的伊凡先生！祝您生日快乐！您是否早已出嫁？请于中午十二点就西多女士的抢劫案出庭。

请她常来我处……”

伊凡先生呆若木鸡，而可怜的报信人仍滔滔不绝地讲着，他脑瓜里的两百封委托信，早就混杂在一起了……

第二章　记忆助手

我认识一个小老头，他风趣、善良、乐于助人。他的外貌怎么也不像八十岁的人：双眼灵动，脸颊绯红，步态富有朝气。总而言之，他是个很不错的小老头。

他什么都好，唯独记忆力差了点儿。他每去一个地方，都会忘了为何而去，并且无论如何也想不起别人的名字。我与他已相识多年，可他有时叫我这个，有时叫我那个。

有人交代给他什么事的话，他总会重复问很多次，直至背下来。为了记得更准确，他甚至在手巾上打上结。他的手巾总是打着许多结，但这些结对他却没有多大用处。当他展开手巾时，上面有整整十个结，但又不知道那些结具体所指。就算记忆力最好的人，也无法弄清这种奇怪的记事本上的事项啊！

但假如小老头的结各不相同，每个结代表特定的字或词，那情况就会大不一样了。那样的话，每个结都能帮他在结式便签中理出头绪。

众所周知，人们还不会写字的时候，使用的正是这种结式文字。古代中国人、波斯人和墨西哥人就曾这样“写字”。生活在南美洲国家秘鲁的居民，就特别擅长这种晦涩难懂的结头文字。那里的牧羊人，至今仍通晓结头语言，表达结头文字时，使用的是粗绳，而不是手巾。粗绳上系有不同长度的异色细绳，像流苏一样，然后在这些细绳上打上各种结。

结头离粗绳越近，所表示的事情也越重要。

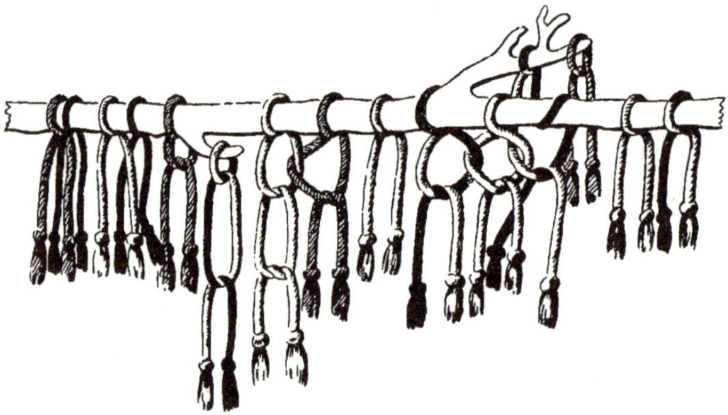

黑色的结代表死亡，白色的结代表白银或者和平，红色的结代表战争，黄色的结代表黄金，绿色的结则代表面包。要是结没有着色，则表示数字：单个结是“十”，两个结是“百”，三个结是“千”。

阅读这种文字并不容易，需要注意细绳的粗度、结的打法以及旁边有哪些结。像我们教孩子字母一样，在秘鲁，人们也会教小孩子“结头字”。

其他印第安人，比如休伦人、易洛魁人，则用各种颜色的海贝做成的串珠，代替结头文字。人们把贝壳锯成小片，穿在线上，再把这些线做成带子。

在这里，黑色也表示所有不愉快的事情，诸如死亡、不幸和威胁，黄色表示贡品，红色表示危险和战争。时至今日，这些颜色仍保留着它们古老的意义。白旗依然表示求和，黑色表示哀悼，红色则表示起义。也就是说，我们红旗的历史已经很久远了。

在海上，船队用彩色小旗子编成整套字母，插在桅杆上，当作船舶间相互交流的语言。

那铁路上的信号呢？这不就是流传至今的彩色文字吗？

要弄清彩色贝壳的意义可没那么简单。部落酋长一般存有几大袋的带子，易洛魁少年每年都要到森林里聚两次，在幽静处，睿智的老酋长给他们讲解贝壳的秘密。

每当印第安人部落向其他部落派遣使者时，便让使者带上彩带，即贝壳带。

“酋长，请看着这些贝壳听我说！”

使者把各种五颜六色的彩带拿在面前，然后开始发言，每说一个词，就指着一枚贝壳。

实际上，要是没有口头解释的话，贝壳带并不容易理解。

比如，一串贝壳带上有白、黄、红、黑四枚贝壳，那这封信可以理解为：如果你们向我们进贡，我们就与你们结盟；你们若不同意，我们就对你们发动战争，把你们斩尽杀绝。但这封信还可以有另一种完全不同的解读：我们请和，准备向你们进贡；倘若战争继续的话，我们都会灭亡。

为避免混淆，每位用贝壳写信的印第安人，都必须亲自送达，甚至当面大声诵读。信不可能代替人，信只是帮助送信人，提示他所要通知的内容。

像这样的记忆助手还有很多。比如，人们常常在棍棒上划刀痕，来计算绵羊的数量和面粉的袋数。时至今日，塞尔维亚的农民仍会使用棍棒，而不是记事本和收据。比如说，一位农民向商家借了四袋半面粉，他并不写收据，而是刨光一根小木棍，在上面划下刀痕——四大一小，然后把木棍劈成两半，一半给商家，一半自己保留。

等到还债的时候，两半木棍就会重合在一起。这种情况下，当然不会出什么差错，因为根据刀痕，要还的债务一目了然。

人们也在木棍上划刀痕来计算日子，比如鲁滨孙在荒岛上就用这种日历。

大概我们的成语“铭记于心”就是源于古老的刻字法，这里的“铭”表示“在器物、碑碣等上面刻字，以表纪念”。

第三章　会说话的东西

弄懂结头文字和贝壳带是件考验智慧的事情。以前还有更简便的方法来记事，或者传达消息。假如某个部落要向另一个部落宣战，那么它就会给对方送一根矛或箭或者战斧。众人皆知，这件礼物散发着血腥的味道。但如果是讲和的话，人们会送烟草和烟斗。

在印第安人那里，烟斗一直象征着和平。集会时，联盟部落的各位酋长围着篝火坐下，其中一位酋长会点着烟斗抽起来，然后递给领座的酋长。在庄重的肃静中，和平的烟斗就这样传遍整个圈子。

人们还不会在纸上书写时，就用各种东西造出一系列文字。古代生活在俄罗斯南部的斯基泰人，曾送给他们的邻邦部落鸟、老鼠、青蛙和五支箭，而不是信函。

这封古怪的信的意思如下：

波斯人！你们是否会像鸟儿一样飞翔？是否会像老鼠一样在地下躲藏？是否会像青蛙一样在沼泽中跳跃？如果不会的话，就休想与我们为敌。要是你们敢踏入我们领土半步，我们就用箭射死你们。

现在我们的信件多么简单明了啊！假如有一天，你收到一份包裹，里面不是什么礼物，而是一只死蛤蟆或诸如此类的东西，你会怎么想呢？

当然，你会把它当作恶作剧，而不会想到这不是玩笑，而是一封严肃的信。

在真正的信件和会说话的纸张还未出现之前，人们还有相当长的一段路要走。

在这之前，人们都还未想出更易于理解的会说话的东西。

烟斗用自己独特的形式象征着和平，矛象征着战争，绷紧的弓则象征进犯。

人们从“会说话的东西”走到“会说话的纸张”，几千年又过去了。

第四章　图画故事

从前，做记录和传递信息的方法多种多样，但只有一种最终脱颖而出，那就是我们现在用的文字书写方法。

人们是如何学会写字的呢?

这并不是一蹴而就的。起初，人们不是写字，而是画图。比如，需要写“鹿”时，就画一只“鹿”；需要写“狩猎”时，就画下“猎人”和“野兽”。

而人们很久以前就已经学会画画了。早在远古时代，毛茸茸的猛犸和驯鹿还在今天的巴黎和伦敦游荡，人们还生活在山洞里时，他们就已开始用图画装饰洞壁。从前，穴居人都是猎人，曾画过野兽和狩猎的场景。他们非常看重相似度，所以画的野兽都栩栩如生。看，这是一只野牛，把牛头转向猎人，这是一只猛犸，这是一群鹿在逃避狩猎者。这样的图案在法国和西班牙的洞穴里可以找到很多很多。那这些图画讲的是什么内容呢？

这些图画讲的是原始人类的信仰。像现在的印第安猎人一样，原始人类大概也认为自己是野兽的亲属。印第安人中，有的自称为非洲野牛，因为他们觉得自己是野牛的后裔；有的自称为狼，因为他们认为狼是他们的祖先。如果欧洲的原始猎人也认为自己是野兽的亲属的话，那么洞穴深处的那些图画，就是他们祖先的画像，部落的庇护者。

但也有一些讲别的内容的图画。比如，墙上绘有一只猛犸被投枪刺穿，旁边有一头鹿被箭射穿。为什么要在洞穴里画这些画呢？是否是为了降服野兽？或者用作咒文来把野兽引入洞内？正像现在许多部落的巫师所做的那样，为了战胜敌人，用泥土捏出敌人的形象，对其施以巫术，然后用矛将其打伤或者用箭刺伤。

穴居人的时代已经远去万年。那些原始人和我们长得并不像，在地下挖掘到的化石显示，他们的颅骨和猴子的颅骨相仿。要是没有洞穴里面余留的图画，那我们永远不会知道，这些野兽般的窄前额人类在想些什么，信仰什么。

洞穴里的那些图画，还不是事件的记录，也不是真正的图画故事，但已经离图画故事不远了。

这是一幅图画故事，发现于美洲上湖（苏必利尔湖）旁的石壁上。

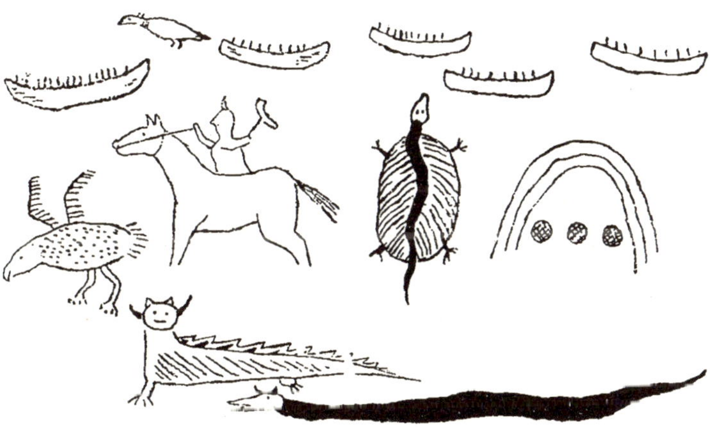

要读懂这个故事并不难。

五条长长的馅饼状小船，上面坐有五十一个人，描绘的是印第安人渡过湖泊的场景。骑在马背上的人大概是酋长。乌龟、鹰、蛇和其他动物，分别是各个部落的名称。

或许，这个故事讲的是印第安人的某个军事行动。但更准确的理解应该是：船上的人是指阵亡的战士，正在渡往死亡之国，死亡之国以三重天和三个太阳的形式表现；而那些动物则是指他们的祖先，即那些战士所属部落的庇护者。

这就是我们用文字语言翻译下来的图画文字。

一位英国老作家，在自己的书中引用了一个故事，故事中图画文字还起到不小的作用呢。

消失的探险队的故事

“那是 1837 年，”那位船长开始说道，“那时我还是个年轻小伙儿，我乘着‘乔治·华盛顿’号在密西西比河上漂流，那艘船随后因蒸汽锅炉爆炸而沉没了。

“有一次在新奥尔良，有一支队伍闯进了我们的轮船。那是一支要去考察沼泽与森林的探险队。而今，那些森林沼泽已消失得无影无踪了。

“这些探险队员都非常年轻快乐，只有队长已过中年，且有些严肃。他不喜欢开玩笑，大多时候都沉默着，在记事本上写着什么。显而易见，他是位学者。可是其他人都喜欢开玩笑，也喜欢饮酒，尤其是那些保护探险队员的士兵们。

“当探险队上岸后，船上变得寂然无声了。起初，我们还经常想起他们，但久而久之，就像往常一样把他们忘却了。

“三四个月后，具体时间记不清了，我转到了一艘叫‘美杜莎’的船上。

“有一天，一位乘客——一位白发苍苍的老人，走向我问道：

“‘您是约翰·吉普斯吗？’

“‘是的。’我回答道。

“‘我听说，您坐过乔治·华盛顿号？’

“‘坐过。’我说，‘您想知道什么呢？’

“‘事情是这样的。’他说，‘我的儿子汤姆，曾与探险队一起在那艘船上。当然，也跟整个探险队一起消失了。不知道找了多少遍，但还是没有找到。现在我要亲自去找了。也许，我的儿子正生着病躺在某处啊。’

“我看着那位老人，心中难过不已。他怎么能去那座森林呢！那里不但容易感染热病，而且还容易被印第安人射伤。

"'怎么，您要一个人去？'我问道。

"'不是的，'他说，'我当然需要一个同伴。您能否告诉我，谁愿意与我一同前往呢？我并不是舍不得钱——如果有必要的话，我会把我的农场卖了。'

"我想了一会儿，说道：'如果您觉得我能够胜任的话，那我肯陪您去。'

"第二天我们就上岸了。我们准备好干粮，买了手枪、步枪和帐篷，雇了印第安人带路，问清楚附近居民之后就上路了。

"很难说清我们究竟走了多少里路，身为一个健健康康的人，我感觉到都快虚脱了。那里很潮湿，沼泽遍布。于是，我开始说服老人返回。

"'看来，我们好像迷路了。'我说，'要是探险队曾路过这里的话，肯定会留下什么痕迹吧。我们已经走了这么多天了，但一点儿营火的痕迹都没见着。'

"那个向导也建议回去。

"我们似乎已经说服了他，但你能想到一枚普通纽扣竟搅乱了全局吗？那枚纽扣把老人推向了坟墓。

“我们在一块小空地上停下来休息。我和那位印第安人升起篝火，然后开始搭建帐篷。老人刚在一个树墩上蹲下就喊道：‘约翰，看！纽扣！’

“我看了一下：‘的确是纽扣，士兵用的那种。’

“那个老人简直疯了，看着纽扣大哭。

“‘这是我儿子汤姆的纽扣，他的纽扣就是这样的。我们肯定会找到他的。’

“我对老人说：‘您为什么确定这就是汤姆丢的纽扣呢？要知道，当时士兵有八个啊。’

“‘不，’老人说，‘您不要和我争论。我一看这枚纽扣就认出来了。’

“于是，我们三个人继续赶路。现在老人无论如何都不想后退了，我也不会再劝他回头。不管怎么样，这枚纽扣终究是点儿线索。

“第二天老人就感染了热病，他全身发烫，直打哆嗦，但又不想躺下休息。

“‘我们要抓紧时间，’老人说，‘汤姆还在等着我呢。’

“老人还是没能支撑下去，病得不省人事了。他宛如亲人，我们一起忙活了两天，虽然我与他相处得已经非常习惯，却帮不上什么忙。

“老人后来去世了，但纽扣还在他拳头里攥着。我们把他安葬好之后就返程了，只是选了另一条路。就在这时，我们鬼使神差地发现了真正的线索。首先发现的是营火的痕迹，随后是一个小水壶，而最有趣的要数一块树皮。这块树皮我已经保存了很多年……”

这时，船长取出一个小箱子，箱盖上绘有三桅船的图案。他打开箱子，掏出一块桦树皮，上面画着如下这张图：

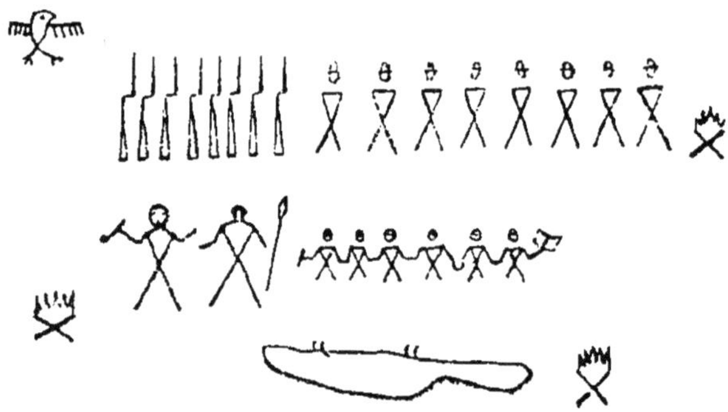

“这张图画，”船长继续说道，“是一位跟随探险队的印第安人画的。从画中可以看出，探险队迷路了，在森林中长久徘

徊寻路。为了告知自己的情况，按照部落惯例，向导们会在森林中留下信息，也就是桦树皮上的这封信。这封信被钉在草地间的一棵树上，极为显眼。

“印第安向导帮我弄懂了这张图。

“据他说，飞鸟暗指旅程的方向。八个人以及旁边的八把枪是指士兵，其中就有可怜的汤姆。六个小人是探险队队员，拿着一本书的是队长，拿着矛和烟斗的是两位印第安向导。三团营火表示他们的宿营地。左上角双腿交叉的海狸，表示一位名叫海狸的印第安人已在中途牺牲。

“很快，在我们找到这封信后，我决定再次寻找探险队。我们沿着那条路继续前行，终于在一周之后找到了迷途的探险队。

“那件事之后，许多年过去了，但每当我看到这块树皮的时候，就会想起老人与他的纽扣。”

在那块船长向本书作者展示的树皮上，画了一只双脚踏空的海狸。在印第安人的墓碑上，总能找到一些动物图案，这些图案一般表示死者的姓名及宗族。

比如下面这块画着鹿的石碑。根据刻在石碑上的图画，可以知晓埋在坟墓下的死者的一生。死者大概叫“飞脚鹿”，或者与鹿相关的名字。他因善于猎捕驼鹿而出名，这点可以通过图画下面的鹿头看出。他曾参加过许多次战争，图画上的短横表示战役的次数。最后一次战役持续了两个月，两个月亮和战斧正是表示此意。两个月亮下面的鹿四脚朝天，则表示他牺牲在这场战役中。

有时，人的一生都可以从其身体上读出，因为，许多民族都有用图像和花纹美化身体的习俗。

在波利尼西亚人那里，每一幅文身都有其意义。恐怖的面孔一般代表某位神灵的画像，但唯有酋长才有使用这种图像的权利。线条和方框的花纹，表示士兵参加战役的次数。白色弧形和黑色小圆圈的虎纹，则是酋长战胜敌人的纪念。

虽然，全身画满画对我们来说，会显得有些荒谬可笑。但现代人中,也有些人像波利尼西亚人一样,全身刻满文身。实际上,他们并没有全身画满画，而是佩戴肩章、绶带、勋章，以及饰以羽毛与雕的头盔。所有这些佩戴的东西，也像波利尼西亚人身上的花纹一样，表明军衔、头衔和功勋。

第五章　神秘文字

古埃及神庙和金字塔的墙壁上，密密麻麻地画满各种神秘图像，学者们曾为研究它们而绞尽脑汁。

那些描绘人类活动的图像，并不难理解：有手捧纸卷和芦苇笔插在耳后的抄写员；有贩卖项链、香水、油饼和鱼类的商人；有吹制玻璃杯的玻璃吹制工；有把金条铸成手镯和戒指的珠宝匠；还有手持皮革盾牌的士兵，在法老的战车前以整齐的队列奔跑。看着这些图像，很容易想象得出古埃及的能工巧匠、广场上的集市和法老盛大的游行队伍。

但在这些人所共知的描绘着几千年前人类生活的图像周围，还有大量不为人知的图像与符号。

刻在古埃及金字塔上的蛇、猫头鹰、鹞鹰、鹅、长着鸟头的狮子、荷花、手、头、蹲着的人、双手上举的人、甲虫和棕榈树叶，都是以长线条表现的，犹如书上的字母。这些图像数不胜数，形状各异，有正方形、三角形、圆形和锁链式的。

在这些无人能懂的符号下面，即埃及象形文字下面，隐藏着埃及悠久的历史和风俗习惯。但是，不管学者们如何努力猜想那些象形文字的意思，最终都没能成功。就连古埃及的后裔——科普特人，也束手无策，因为他们早已忘了自己祖先的文字。

但埃及象形文字的秘密终究还是被揭开了。

1799 年，在将军拿破仑·波拿巴的带领下，法国士兵在埃及的海岸登陆。在罗塞塔城附近挖战壕时，士兵们发现了一块巨大的石碑，石碑上刻有希腊语和埃及语的诏书。

学者们为这次发现而乐不可支！因为现在他们手上已经有了解开埃及象形文字的钥匙。似乎只有通过对比希腊语和埃及语的碑文，秘密才能解开。但等待他们的却是失望。

他们以为碑文上的埃及文字是图画文字，每个字由一幅图表示。但当他们用希腊文字来代替图画时，却一无所得。

二十三年一晃而过，要是没有法国学者商博良的智慧，我们至今也无法读懂古埃及象形文字。商博良注意到，一些埃及符号外面围着方框。希腊文中，同一个地方，即在方框内，刻有法老托勒密的名字。

商博良突然顿悟，方框内的文字表示的正是“托勒密”（Птолмеес）。如果是这样的话，符号实际上就是字母。

下图就是这些字母的意思：

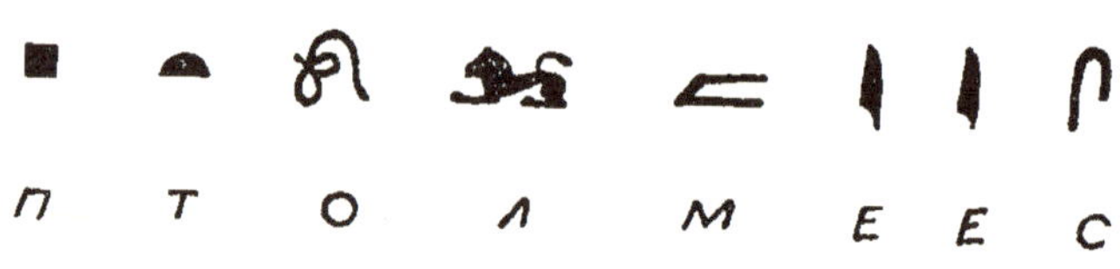

但这仅仅是猜测，可能，这些符号实际上表达的是另外一种完全不同的意思，所以不得不采用其他方法来确认。

一个偶然的发现帮了商博良的大忙。他在菲莱岛上，发现用双语刻成的方尖石碑文，碑文上经常出现方框内的某个字，在这个字里，他马上发现了一些熟悉的字母：

当他用字母代替这些符号时，得到了下面的结果：

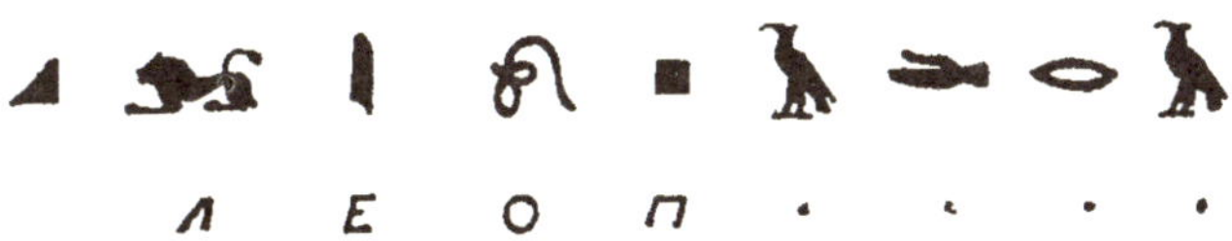

看着希腊文文本，商博良激动地在同一处找到了下面这个名字：

КЛЕОПАТРА（克娄巴特拉）

这就意味着，他的猜想是正确的，椭圆形方框内的符号不是字，而是单独的字母。诸如此类的字母，商博良已经知道了十一个：п、т、о、л、м、е、с、к、а、т、р。

但是，当商博良尝试用这些已知的字母辨认没有外框的词时，却一无所获。在弄清他失败的原因之前，许多年又过去了。

原来，古埃及人只是名字用字母书写，而其他词的写法则五花八门。古埃及的字有点儿像字谜，一些符号表示完整的词，一些表示独立的音节，另外一些则是字母。比如，下面一则字谜，古埃及文的写法如下：

第一幅图图意：万尼亚有一本书（У ВАНИ ЕСТЬ КНИГА）

其中，一些图在这里表示字母：一个角表示“у”，一把叉子表示“в”，一架竖琴表示“а”，一条腿表示“н”，一根针表示“и”，一扇窗表示“о”；一些图表示音节，比如，水气表示“пар”的音，马车表示“воз”的音，手舞足蹈表示“ах”的音；有些图则表示完整的词，比如“吃”和“有”。请注意“有”这个词，是画了一个正在吃饭的人，但这幅图却不表示“吃”的意思，而是表示“有”。

古埃及人经常用这种方法来表达无法画出的词汇。例如，埃及文中“甲虫”的写法是“xnp”（埃及人不写元音），但“是”这个字古埃及文也写作“xnp”，所以，当埃及人需要写“是”这个字时，就画一只甲虫。

接下来，我给你们举几个古埃及象形文字的例子：

埃及人曾像印第安人一样，用画图代替写字，但这是在很久以前了。一些图画逐渐被用来表音，然后变成了字母。也就是说，我们现在用的字母源于图画。图画经过千年的变化，终于变成了字母。

但为什么会出现这种变化呢?

因为，人类的生活在不断变化。在出现象形文字之前，古埃及人早已从狩猎转为农耕和畜牧。牧人无须再精确地画下自己的牛，因为某种符号就已足够指代每头牛。商人没有必要也没工夫仔细画自己所有的商品，他只需给每件商品想一个特殊符号就够了。于是就出现了标记——用来表示所有物的符号。符号一步步取代了图画。古埃及的文字还与图画相似，但古波斯和古巴比伦的文字就已不再是图画，而是线条的组合了。像邻居巴比伦人一样，波斯人曾用木棒在泥板上写字，或者更确切地说，压出自己的文字，于是出现了楔形笔画，因此这种文字被称为楔形文字。

学者们曾用了许多年破译这种楔形文字，但在找到破译的钥匙之前，他们在理解这种样式单一的楔子上，几乎已经绝望了。

德国学者格罗特芬德最终解开了楔形文字的谜团。他的任务曾非常艰巨，因为他没有双语对照的文本。

仔细观察古代波斯王的石碑之后，格罗特芬德发现，有一些词在所有的石碑上出现了许多次。于是他假定这些词是表示“波斯王”或者诸如此类的意思。由此可以得出，在“王”前面的词可能是王的名字，比如“居鲁士，波斯王”。

在其中一块石碑上，“王”前面的名字是由七个楔形符号写成的。

格罗特芬德认出了数位波斯王的名字，比如居鲁士、大流士、薛西斯、阿尔塔薛西斯，然后他就尝试用楔形文字来拼凑这些名字。

“大流士”，古波斯语又称“大流伍士”（Даривуш），按字母数量正好是这个词：

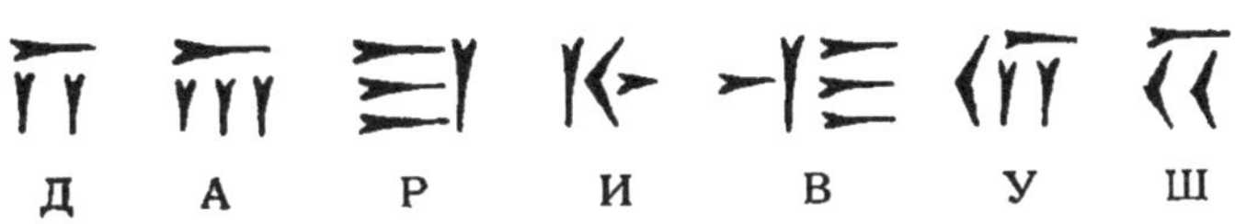

格罗特芬德在七个字母的指示下恍然大悟！

在另外一个名字中，他发现了几个熟悉的字母：

现在只差第一个字母。不难猜想，缺的那个字母就是“К”，这个词表示“Кшиарша”，也就是“薛西斯”（Ксеркс）。

钥匙终于找到了。最有趣的是，像商博良一样，给格罗特芬德提供钥匙的，也是国王的姓名。

最后，格罗特芬德又弄懂了其他字母。似乎像他一开始推测的那样，所有石碑上，在波斯王的名字后面都是王的封号，比如：

大流士大帝，王中之王，波斯君王，人民之王。

古波斯文就这样被破译了。

古波斯的楔形文字并非凭空想象出来的，而是取自巴比伦人。像所有古老的民族一样，起初巴比伦人不写字，而是画图。但是，因为他们在泥板上作画非常不方便，所有的画都是棱角突出的。比如，他们画出来的圆形会变成方形：

日　星　鱼　房　手

久而久之，这些图画不再表达一个字，而只是一个音节。

波斯人把楔形文字简化之后，把它转化成了字母文字。

这些神秘的文字，等待能读懂它们的人，已经等了数千年。商博良和格罗特芬德参透象形文字和楔形文字的奥秘之后，人们得知了许多新鲜有趣的事情！

但并不是所有的谜语都已解开。不久之前，赫梯文字也曾是未解之谜。人们发现了许多赫梯语铭文。在土耳其博阿兹柯伊村，曾找到一万三千片赫梯语楔形文字铭文。

学者们都通晓巴比伦楔形文字，但对赫梯语却一无所知，所以这些文字的意思他们都无法理解。同时，也找到了其他一些赫梯象形文字，这些赫梯象形文字描绘的是手、脚、头部、野兽、箭等等。

学者们曾为理解赫梯语而竭尽心力。终于在 1916 年，布拉格的一位教授格罗兹内成功地解读了赫梯语楔形文字，并且在十六年后，又成功地破译了赫梯语象形文字。

似乎，以前不止一种赫梯语，而是有六种。其中几种像欧洲语言，也就是说，或许有一种像俄语。比如，其中一种赫梯语的“твой”（你的）读作“тувас”，“мой”（我的）读作“мэас”，“месяц”读作“мэнулас”。通过学习赫梯语铭文，格罗兹内不仅破译了之前未知的语言，还发现了历史学家一无所知的民族。

人们终于弄清楚，几千年前，东方曾有许多民族使用赫梯语。

这些民族都以强大的国家为基础，邻邦埃及人和巴比伦人都对其心存畏惧。

但伊特拉斯坎语的处境就不容乐观了，意大利的古代居民伊特拉斯坎人曾使用这种语言。他们的字母与希腊字母非常相似，所以把它们读出来很容易，但意思却没人能懂。

手中拥有古文字，但对上面的字却一无所知，多么令人心痛！世上还有多少有趣的未解之谜啊！在我们有生之年，又有多少秘密能被揭开呢？

第六章　字母的旅行

时过境迁，图画文字转变成了字母文字，但有些地方象形文字沿用至今。比如，尽管中国人远比其他人早造出文字，但他们时至今日仍在使用汉字。并且，在欧洲人对纸、火药、陶瓷和印版书籍闻所未闻以前，它们就已经在中国出现了。

欧洲人也并非完全不再使用象形文字。公共场所指路的手或者箭头、缠有电线的柱子上的红色闪电、装有毒品的玻璃瓶上的骷髅和骨头，这些都是表达字句的“象形文字”。

中国人至今仍用汉字书写，并且，汉字也不会那么轻易转化成字母文字。因为每个汉字都能表示不同的事物，一个字不止一个意思，而是多个意思。

例如，同一个汉字可以表示“日”“白日”“每天”“日间”

和“日复一日”。“书”这个汉字同样可以表示“字体”和“信件”，甚至可以表示行为本身，即“书写”。

再举个例子。汉字“木”很像一棵倒立的小树，读作“mu”。假如画下两棵紧挨的“木”，却不是想当然地读作“mu-mu”，而是读作“lin”，意为“森林”，三“木”则读作“sen”,意为“大森林”。“木”本身也是复杂汉字的一部分，表示树的类别和所有木制品。

在古代中国，汉字非常像其描述的事物。比如，“日”画作中心有圆点的圆圈，“月”则画成月牙状。

后来，为了方便书写，中国人简化了汉字。各种交叉的黑色笔画，仿佛纸上散落的茶叶，很难看出日、月、星和人的形象了。

但更难辨认的，是字母中的图画。

很难相信，我们所使用的每个字母，都是描绘各类事物的图画！学者们像真正的猎人一样，一步步追寻着从图画到字母的漫漫长路。

在字母展现在我们面前之前，它们已经走遍了一个个国家。你可以在地图上追寻它们的足迹。

字母的故乡是埃及。很久以前，古埃及人就已学会用图画表达思想。但图画并不能传达一切。例如，如何画姓名？如果姓名与某种事物相似的话，那倒还可以画出该事物。印第安人便是这样做的，要写“大海狸”这个名字，他们就会画下海狸。再比如姓“胡”，可以通过画谜[①]的形式来表现，画下一排树（针叶林）和一条线，这样就画出了一绺“胡”须。

但要是名字是其他字的话，该怎么办呢？例如，怎么画下名字“彼得”和“伊凡”？这里就不得不用到字母了。

这也在某种程度上使埃及人在几百个表字和音的象形文字基础上，又创造了二十五个字母。

他们创造字母的方式非常简单。因为古埃及语中有很多简短的字，如“po”意为“嘴”，“пуи”意为“草席”（циновка），“бу”意为“地点”。后来，嘴的图画不只表示“嘴”，还表示字母“p”，草席的图画不只表示“草席”，还

① 画谜，以图画当作谜面，根据图画给的提示进行猜谜。这里是指用画图的方式来表示“胡须”这个意思。

表示字母“ц”[①]等等。于是，一些象形文字便具有了字母的意义。

用新方法创造文字的同时，埃及人也保留了古老的方法。他们常常用字母写字，然后在旁边画下表现这个字的图画。显而易见，他们并非一下子就习惯了字母。例如，写“тн”（书）这个字时，他们还会在旁边画一本书，或者写“ан”（鱼）时，他们会在旁边画上鱼的图案。

他们这样做，并非只是没来得及习惯字母，其实这里还另有隐情。因为和汉语一样，在古埃及象形文字中，很多字的写法相同。为了不混淆，几乎每个字都要有说明符号。鱼或书的图画就曾用作说明符号。

没有说明符号的话，可能会产生很严重的混淆，因为埃及人只发明了声母，而忘了韵母。因此“甲虫”这个字，他们写作“xnp”，而非“xenp”。

如果不写韵母的话，那就不得不发明大量的符号，以确保

---

① “пуи”为埃及语的音译，意为“草席”（циновка），字母“ц”源于“циновка”。

正确拼读。比如“мл”这个词，如果没有说明符号的话，就有八种解读方法：

мол（据说）、мал（小）、мел（粉笔）、мыл（洗）、мил（密耳）[1]、мул（骡子）、мял（揉）和 мел（白垩纪）。

因此，埃及人不得不需要说明符号。

似乎是谁发明了字母，谁就发明了字母表。但事实并非如此。例如，埃及人发明了字母，却没发明出字母表。在埃及神庙的石墙上和纸莎草书卷上，静静地躺着意思各异的象形文字，它们一个紧挨着一个，有的表示完整的字，有的表示音节，有的是真正的字母。

发明字母表的不是埃及人，而是他们的劲敌——闪米特人。

大约四千年前，闪米特人中的喜克索斯人从东部，也就是从阿拉伯半岛侵入尼罗河流域，占领了埃及。喜克索斯王统治了埃及整整一百五十年。喜克索斯人从大量的埃及象形文字中只选了二十来个，用最简单的方法把它们转化成了字母。

① 密耳，表示金属线直径和薄板厚度的单位，1 密耳 =0.0254 毫米。

谁没见过识字课本？我们所有人都是通过图画课本来记单词的，字母 А[①]旁边画一个大西瓜（арбуз），字母 Б 旁边画一面鼓（барабан），字母 В 旁边画一只陀螺（волчок）、叉子（вилка），或者以 В 字母开头的其他物体名称。

这种识字课本我们都很熟悉，但谁都不会画两面鼓和两个西瓜来代替“баба”（锤头）这个词。

但喜克索斯人却是这样做的。他们会画一个牛头来当作字母 А，因为他们称公牛为“Алеф”；画一座房屋来当作字母 Б，因为他们称房屋为“Бет”；画一个人头来当作字母 Р，因为他们称头部为“Реш”。

他们就用这种方法发明了一套二十一个字母的字母表。而图画，比如头部、房屋、公牛和一切想要的，他们则从埃及象形文字中选取。

就这样，世界上第一套字母表在喜克索斯皇宫诞生了。

埃及人从喜克索斯人那里重获自由之后，喜克索斯人的国家便销声匿迹了，但他们创造的字母表，却传到了埃及东部地

① 俄语字母表的顺序为 А、Б、В、Г……

中海沿岸的一些国家。生活在这里的闪米特人部落——腓尼基航海家，犹太的农人与牧人，把自己祖先喜克索斯人的文字传承了下来。

地图从上到下地名：

圣彼得堡

莫斯科

基辅

保加利亚

罗马　君士坦丁堡

底比斯

腓尼基

埃及

腓尼基人善于航海和经商。他们的船舶不仅遍及希腊沿岸和塞浦路斯岛，甚至远到直布罗陀以外。停泊在陌生国度的海岸时，他们会摆开自己的商品，诸如贵重的项链、宝剑、斧子、玻璃杯和金酒杯，然后用这些商品换取兽皮、布匹和奴隶。行走四方时，他们除了带去自己的商品外，还带去了字母。与腓尼基人做贸易的那些民族，也学到了他们的字母。字母从腓尼基人曾经的驻宿地费尔岛传到了他们在希腊的殖民地。但腓尼基字母已不是来自埃及的那些字母了。腓尼基商贩没工夫描绘每一个图像，因此，公牛、蛇、头部、房屋就变成了匆忙写下的符号。

但字母的旅途尚未结束。腓尼基字母沿海洋迁往希腊时，也从这里往西传到了意大利，往北传到了俄罗斯。然而，字母不是一从腓尼基启程后，就传到我们这里的。在前往北方以前，它们在希腊休息了两千年。这段时间，它们的变化也更大了。

久而久之，希腊字母在意大利转变成了拉丁字母，而在北方，希腊字母成为了斯拉夫字母的基石，之后又转变成了俄罗斯字母。

字母是这样传到俄罗斯的。

在公元9世纪，生于希腊塞萨洛尼基城的修士西里尔和梅福季兄弟决定前往摩拉维亚，向斯拉夫人传播基督教。临行前，他们把教会书籍里用来祈祷的那几页翻译成了斯拉夫语。但那时候斯拉夫人还没有字母。所以，西里尔和梅福季兄弟不得不亲自发明斯拉夫字母。大部分斯拉夫字母取自希腊字母，一些（比如字母 Ш 和 Ц）取自希伯来字母，另外一些则是他们自己发明的。比如发明字母 Щ 时，先写下字母 Ш，然后在它下面再写一个小 T，这样就发明了 Ш т，也就是字母 Щ。

在摩拉维亚和西斯拉夫其他地方，新字母不得不与拉丁字母作斗争，拉丁字母则由德国修士带来。德国修士也与用斯拉夫文写成的祈祷文展开了斗争。斗争最终的结果是，在祈祷文和人民读不懂的书中，拉丁文代替了民间语言。

于是，斯拉夫字母不得不退出南斯拉夫人的土地，但它们在修道士的背囊中，勉强坚持到了基辅罗斯时代。

大约一千年后，西里尔字母（斯拉夫字母）还没转变成俄语字母。彼得一世颁布法令，用新的“民用字母”取代斯拉夫字母。彼得一世先印制了一份字母表，左边是简洁美观的新字母，右边是奇异的老字母。对比完两种字母之后，彼得一世划掉了所有老字母，只留下新字母。以前这些字母中，还有一些现在俄罗斯不再使用的字母，比如 кси、ижица、зело、ять、фита 和带点的 и。

在字母表的封面上，彼得一世写道：“这些字母用于印刷历史及手工业书籍，而强调的字母则不用于上述书籍。”

俄语新字母要比老字母简洁美观得多，但那时所有人都很难习惯新字母。

正如诗人特列季阿科夫斯基所说的那样：“这对俄罗斯民众的眼睛来说，显得粗糙野蛮，给阅读造成了障碍，对阅读莫斯科老报纸都吃力的人来说更是如此。”

埃及字母的旅行整整持续了四千年，才通过腓尼基、希腊和保加利亚传到俄罗斯。字母在旅途中，可谓历经千辛万苦！它们改变了形式，面貌已从左朝向右，靠背而躺，以头站立。它们乘坐过腓尼基三十支桨的船舶，曾在奴隶的背上，曾在装纸莎草手卷的圆筐里，曾在云游四海的修士的背囊里。许多字母在途中阵亡了，但新的旅伴又与幸存者结伴而行。长久的漂泊之后，字母最终来到我们面前时，几乎已经面目全非。

要探寻字母过去的特征，就得在它们旁边写上埃及象形文字、在西奈半岛哈托尔女神庙找到的喜克索斯文、腓尼基文、希腊文、斯拉夫文和俄文，再进行对比。

看着这一排排文字，你会发现带角的牛头是如何变成字母 A 的（这个字母现在也像牛头，只是两角朝下了）。你也会明白，为什么字母 Γ 有角，为什么字母 O 像眼睛，为什么字母 P 像坐在脖颈上的脑袋，为什么字母 M 像波浪线。

你也会发现，以前所有字母不是朝向它们现在朝向的那边，而是朝向另一面。

产生这种现象的原因是，古代腓尼基人不是从左往右写字，而是从右往左写。

字母的变迁

埃及文
喜克索斯文
腓尼基文
希腊文
早期西里尔字母
斯拉夫文
俄文
公牛
房屋
角
门
人呼喊“(嘿)”
橄榄树
棕榈枝
绳子
水
蛇
眼
口
头
山
十字

希腊人学会腓尼基人的字母后，最开始也是从右往左写的。后来他们开始左右来回写，一笔从右往左写，下一笔从左往右写。但是这样相当不方便。于是，他们就开始所有笔画都从左往右写。而我们也从他们那里学会了这种写法。

改变书写方向的时候，希腊人也改变了字母的朝向。

在找到最适合的方向之前，字母曾像列车一样，根据页面来转向。

但为什么从左往右写比从右往左写更方便呢?

归根到底，从左往右写，从右往左写，或者从上往下写，难道不是一样的吗?

要知道，中国人至今仍会从上往下写字，然后把所有字从右到左排在页面上。中国人可以毫不费劲地快速写下一个又一个复杂的汉字，然后在旁边打下句号、逗号、问号和感叹号。实际上，中国人现在也采用欧式写法。不久之前，我有幸看到一本中文新书，书中汉字的书写像欧洲一样，是横着的，写法也是从左往右。但文字的旧写法仍顽强地抵抗着，不想给新写法让位。

发明字母的埃及人曾像中国人一样，从上往下写。

抄写时，抄写员左手捧着莎草纸手卷，然后像平常一样，用右手书写。抄写员不得不从右开始写，不然左手就会妨碍书写。

如果按照埃及人的写法，我们本书书名应该是这样的：

书
的
故
事

但这种方法非常不便。从第一行过渡到第二行时，抄写员的手会沾满还未干的墨水。中国人就不会出现这种情况，因为中国的墨水干得非常快。而古埃及墨水由煤烟、植物胶和水制成，干得很慢。

为了摆脱障碍，人们不再顺着纸张写，而是横着写。如今，右手在白纸上写字运动时，也不会抹掉刚写完的上一行。但从右往左写的老方法，却出于习惯被保留了下来。

如果按第二种写法，那这本书的书名是这样的：

事故的书

从右往左的写法一直持续到希腊人开始从左往右写，所以，我们的书名最后才变成了：

书的故事

从左往右的写法，终于从欧洲众多的书写方法中胜出。而犹太人和其他一些民族，至今仍从右往左写字。

虽然我们已经研究透彻字母从埃及到俄罗斯的旅行，但这只是埃及象形文字遍及全球的其中一次漫游。埃及字母不只从希腊传到了北方的俄罗斯，还传到了意大利，在意大利转变成了拉丁字母。字母从埃及传到了世界各地，诸如印度、暹罗（泰国旧称）、亚美尼亚、格鲁吉亚、中国西藏和朝鲜半岛。世界上没有哪种字母不是源自埃及字母。

而数字的历史比字母的历史更令人惊讶。

你知道吗？我们所使用的数字也是象形文字，即符号和图画。

曾有一段时间，人类只会用手指来计数。假如要说“1”，就会伸出一根手指；假如要说“2”，就会伸出两根手指。五根手指表示“5”，双手则表示“10”。但要说某个更大的数字时，人们会反复翻手，宛如风车。乍一看，你可能会觉得人们在驱蚊，但你要是问怎么回事的话，你就会知道，原来他在数数。

这种指形数字，或称手状数字，后来被搬到了书上。如果仔细观察罗马数字，你肯定能猜出，I、II、III 分别是一根、两根、三根手指头；V 是大拇指伸开的手掌，X 则是两只手掌。

不仅仅是罗马数字，还有我们现在使用的数字，也是源于手指头。起初，“1”的写法和现在一样，是一根小木棒；“2”由两根木棒组成，但不是竖着的，而是横着的；“3”是三根平行横着的木棒；“4”是四根交叉着的木棒；“5”则是手掌的形状，或者拇指伸出的拳头状。

快速书写时，数字就发生了变化。写这些数字时，羽笔没有离开纸面，它们就变成如下的形状：

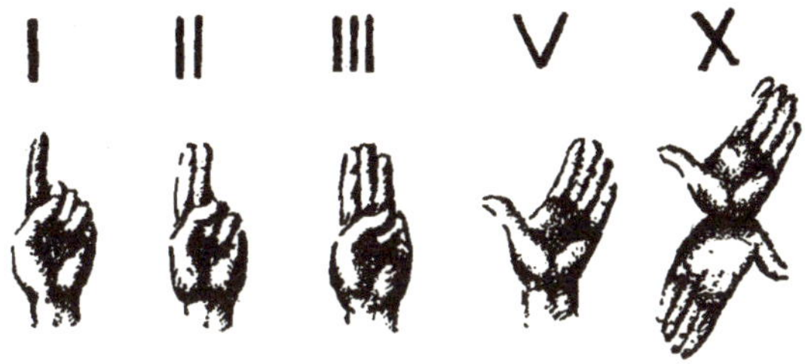

这时已离我们现在使用的数字不远了：

其他的数字则源于这五个数字的组合。但“0”是所有数字中最有趣的。到底什么是零呢？空无一物，什么都没有就是“0”。但在当时，人们费了好大劲才想出了“0”。

“0”的发明，像发明轮船和电话一样，是一项艰巨的任务。

起初，根本没有“0”这个数字。以前，人们在方格板和圆圈上写数字来计算。比如，102 和 23 相加，那么在板子上的圆圈如图所示：

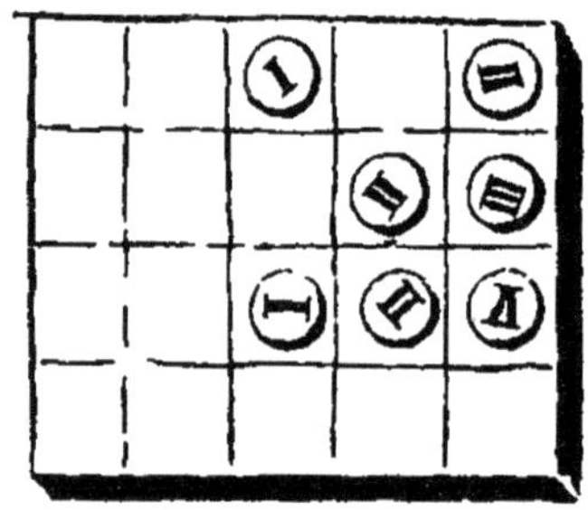

也就意味着，“0”的位置会被空出。这种计算板子被称为“算盘”。希腊人用字母计算时，这种“算盘”是必备品。他们用 1 表示字母 A，用 2 表示字母 Б，然后以此类推。假如他们像我们一样，不用算盘计算，那么计算过程就会相当困难。比如，字母 Л 和 П 或者 H 和 P 相加怎么办？

希腊人一般心算，“算盘”只是用来记录结果。

不久之后，人们开始用普通桌子代替“算盘”。桌子上没有方格子，人们就用圆圈来表示空格，比如 102。

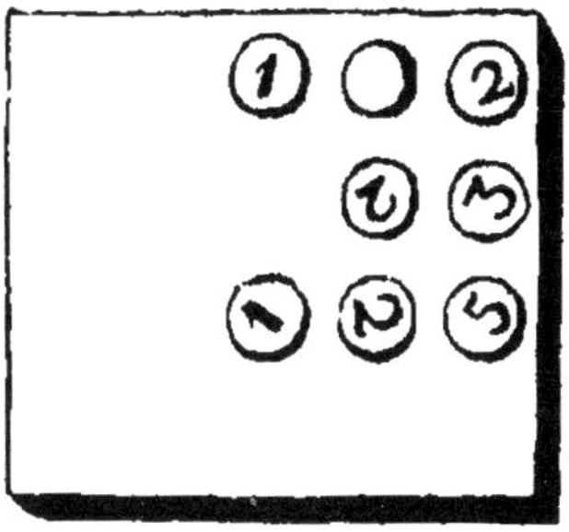

当在纸上计算时，圆圈就变成了圆，写在纸上即是“0”。

借助圆圈或算珠来计算的方法持续了许多个世纪。在16—17世纪，莫斯科人也是这样计算的。据一位旅人说，官府抄写员曾用李子核代替算珠来计算。每位抄写员（书吏）都会随身携带满满的一包李子核。

曾经，人们也使用类似“算盘”的东西来计算。计算板上，用辐条串起来的算珠给人们提供了极大的便利。像古代的“算盘”一样，上面没有“0”，所以只能空着。

下卷

第一章　永恒之书

在各个国家和民族间漫游的同时，字母还完成了另一场旅行。字母从石头上转移到了莎草纸，从莎草纸上转移到了蜡版，从蜡版上转移到了羊皮纸，最后才从羊皮纸转到了我们现在用的纸上。

仿佛一棵树，在沙土中生长与在沼泽地或黏质土壤中生长会有所不同，字母从一种材质过渡到另一种时，样式也发生了变化。字母刻在石头上时，显得雄伟挺拔，写在纸上显得圆润，刻在蜡上会弯曲成逗点，刻在黏土上呈楔形、星形和角形。但在同一种材质上，比如在羊皮纸或普通纸上，字母也不是凝固的，而是逐渐变得精巧别致。

下面是写于不同时代不同材质上的几行字。你会看到，刻在石头上的字母工整而挺直；写在蜡上会有小钩；写在羊皮纸上字母显得清晰圆润。乍一看，你可能会以为这是不同文字的字母。但实际上，这三行文字都是用拉丁字母写成的，只是写法有别、材质不同罢了。

文字的写法真是五花八门啊！我们习以为常的铅笔和纸，还是不久之前才发明的呢。大约在五百年前，学生们的书包里，既没有铅笔，也没有本子和钢笔。他们只能把涂有一层蜡的板子放在膝盖上，用有尖端的小木棒在上面写字。当然不能说这种书写方法非常方便。

但假如我们深入史前人类，文字刚由图画生成的那段历史，我们就会发现，那时写字简直比登天还难，因为那时还没有任何书写用品，每个人都不得不自己发明书写的方法并考虑写在什么东西上面。

一切目所能及的东西，诸如石头、羊的肩胛骨、棕榈叶、陶瓷碎片、兽皮和小块树皮，都曾被人们用来当记事本，因为在这些东西上面，可以用尖锐的骨头和石头刻出简单的图画。

从此以后，这些书写方法中的许多种流传了很久。开公民大会需要投票时，人们不像现在一样写在纸上，而是写在陶器的碎片，即陶片上。

甚至在莎草纸发明之后，许多作家因为贫穷，仍然不得不在碗碟碎片上写作。据说，一位希腊学者曾打破自己所有的瓦罐和碗盆来写一本书。

有一段时间，由于纸莎草短缺，在埃及服役的士兵和官员，曾把自己的账目和收据写在陶片上。

但更便利的是棕榈叶和树皮，早在莎草纸出现之前，人们就用针在上面刻字。

在印度，人们曾用棕榈叶做成整本书。修剪好边缘后，把棕榈树叶裁剪，然后用针缝在一起。在叶边镀金或者涂上色之后，就会得到一本漂亮的书，但事实上，与其说这是一本书，倒不如说是一扇百叶窗。

但在俄罗斯这种森林之国，人们则写在桦树皮上和树的内皮上，也就是写在白桦树皮上和椴树皮上。

所有这些骨制书、黏土书、棕榈叶书、白桦书和椴树书，只保存在博物馆里。但有一种古老的书写方法，即在石头上刻字的方法，我们至今仍在使用。

石头之书是最恒久的书。几千年前，刻在埃及陵墓和庙宇墙壁上的全部史话，一直流传至今。我们也把想要流芳百世的内容刻在石板上。

如果说我们现在很少在石头上刻字，那只是因为在石头上刻字不是易事，并且，移动这种几十或数百普特①重的书，需要依靠起重机的力量，而非人力。再者，这种石头之书，不能借回家读，石刻书信也无法邮寄。

自古以来，人们就想找一种比石头更轻巧，但同样坚固的

① 普特，俄国重量单位，1 普特约等于 16.38 千克。

书写材料。

人们曾尝试过在青铜器上刻字。我们至今仍能看到刻有铭文的青铜板，这些青铜板一般用来装饰宫殿和庙宇。有时，这种青铜板会占据整整一面墙。如果青铜板正反面都刻字的话，人们则把它挂在锁链上。

在法国的布卢瓦城，有一扇教堂的青铜门，类似于书，门上刻有伯爵艾提安与市民们的契约。市民们在伯爵的城堡周围建一排城墙，就可以获得征收酒税的权利。酒早已喝干，喝酒的人已在坟墓里长眠，城堡周围的城墙也已倒塌，但契约仍在青铜门的门板上光彩夺目。

石头书和青铜书都沉重而庞大，但这却不是它们的主要缺陷。最糟糕的是，在上面刻字非常费力。要是现代作家都戴上围裙，手握锤子和刻刀，变成一个雕刻匠，那会怎么样呢？哪怕只是刻一小页的字，作家也不得不敲一整天的锤子。

不，还是我们现在的书写方法更好。实际上，纸张是种使用寿命极短的材料。但是否有一种书写材料，像石头那般永久，如纸般容易写字呢？

生活于幼发拉底河和底格里斯河河谷的巴比伦人和亚述人

早就已经使用这种材料。在尼尼微古都废墟库云吉克，莱亚德[①]发现了亚述巴尼拔国王的整座图书馆。那座图书馆非常奇怪，里面没有一张纸，馆内所有图书都由泥土做成。

用泥土做的砖板相当大，而且非常厚，抄写员一般用三面尖细的小木棒在上面刻画符号。抄写员把小木棒压下去之后快速拔出，这样笔画粗度就会均匀，末梢尖细。巴比伦人和亚述人用这种方法，能快速在整块砖板上写满笔直细小的楔形文字。

写完字后，如果想让砖板更加坚固，人们会把它送往陶匠那里焙烧。现在陶匠已经跟图书业没有任何关系了，但在古代亚述，陶匠不仅烧制瓦罐，还烧制书。

在阳光下风干和炉子中焙烧之后，泥版书就会变得如石头般坚固持久。这种书火也烧不坏，不会因潮湿而腐烂，也不会被老鼠咬坏。实际上，泥版书可以被打碎，但碎片可以收集起来重新拼凑。整理好在尼尼微找到的泥板碎片之前，学者们不

---

① 奥斯丁·亨利·莱亚德（Austen Henry Layard，1817 年 3 月 5 日—1894 年 7 月 5 日），英国旅行家、考古学家、楔形文字专家及作家，以发掘尼尼微以南的尼姆鲁德闻名于世。

得不绞尽脑汁研究。

在尼尼微图书馆里，有三万块砖板。像我们的书有很多页一样，馆内每本书由数十块或数百块砖板组成。当然，这些砖板无法像我们装订书页一样装订起来，所以，不得不把所有的砖板编上编号，并在每块砖板上写上名称。

关于创世的书，开头是这样写的："原先，我们头顶上的东西，并不称为天。"这本书的每一块砖板都写着："下接1号""下接2号"，一直写到书尾。

除此之外，依照惯例，所有书上都有图书馆的印章：

亚述巴尼拔王宫，士兵之王，人民之王，亚述国王。涅巴神和加斯米塔女神赐予国王灵敏之耳和敏锐之眼，以搜寻服务于先王的本国作家之作。为致敬供养我的智慧之神涅巴，我收集了这些泥板，并下令制作副本，注明我的名号，再陈列于王宫中。

这座图书馆的书应有尽有！有记载亚述王与吕底亚、腓尼基和亚美尼亚作战的书籍；有记载勇士吉尔伽美什和长有牛腿、犄角和尾巴的朋友埃巴尼的功勋之书；有讲述女神伊丝塔前往冥府，并从那里带出自己丈夫的故事；还有把世界变成一片汪洋的大洪水故事。

夜里，当亚述国王失眠时，就会派奴隶去图书管理员那里拿一些书来。图书拿来之后，国王会命令随从大声朗读。听着古老的传说，国王也会忘了自己的忧愁。

亚述人不仅在砖板上写字，还在上面印章。他们用宝石做成印字辊，印字辊上有凸出的图画。当要签订某项合约时，用印字辊在泥板上推滚，就会得到一个清晰的印痕。

有趣的是，我们现在也用这种方法在布匹上印制花纹。轮转印刷机的工作原理也是如此，活字版安在旋转轴表面就可以印刷了。

很多印有图章的收据、账目和合约被保存了下来。印章旁边，常常可以看到签字——手印。也许，以前不识字的人就是这样签字的。

第二章　长卷书

砖头书已经够稀奇古怪了，但古埃及人发明了一种更令人诧异的书。

想象一下，一条长长的带子，有一百步长。这种带子似乎是纸质的，只是非常奇怪罢了。从观感和手感上看，这种纸有许多细条纹组成的方格子相互交叉着。倘若你试着撕开一张纸，你就可以确认，这种纸正是由条纹做成，宛如编织的草席。这种纸像蜡纸一样易碎，从外观上看，呈浅黄色，光滑而富有光泽。

并不是整条长带都会写上字，一般只写上几十格，或者几百格。要是整条长带都写满字的话，那阅读时就不得不在带子两端来回跑。

这种奇怪的纸，是由更奇怪的材料制作而成。在尼罗河畔的沼泽地带，生长着一种外形奇特的植物。它不是树，而是一种水生植物，比人高，茎秆修长而平滑，茎的顶部有花簇。

这种植物被称为纸莎草。在许多语言中，“纸”这个词大都源自“纸莎草”（ папирус ），德语称纸为 papier，法语也称纸为 papier，英语称纸为 paper。俄语中的“ папка ”（文件夹）也是源于纸莎草。

这种植物是埃及人的真正朋友。埃及人不仅用纸莎草来造纸，还食之饮之，裁衣做鞋，甚至用来造舟。纸莎草可以烤着吃，可做成甜蜜的果汁，可做成布匹，草皮可做成草鞋，茎秆可绑在一起做成小船。所有这些东西，埃及人都可以通过这种外形平凡、有点儿像牛尾巴的植物获得。

一位罗马作家曾目睹了莎草纸的制作过程，给我们描绘了古代埃及的造纸厂。

埃及人用针把纸莎草的茎分成或纤细或略宽的条纹，然后把这些条纹一条紧挨一条粘在一起，就做成了完整的一页纸。造纸工作一般在桌子上进行，造纸之前，会用尼罗河多淤泥的水浸湿桌子，淤泥能起到糨糊的作用。之后，桌子会斜放，以便水分流走。

粘好一排条纹之后，埃及人会把两头修剪好，然后再在上面横着加另一排。最终得到类似布匹的东西，横竖各有一排细线。

做好一沓莎草纸后，在上面放上重物来压平。最后把莎草纸放在阳光下晒干，再用兽牙或贝壳把纸面磨光。

像现在用的纸一样，莎草纸有很多品种等级。最好的莎草纸是用纸莎草茎的髓部做的，有十三个指头那么宽，略大于我们的练习本。埃及人称这种莎草纸为“圣纸”，因为他们用这种纸来写圣书。

罗马人一般从埃及人那里购买莎草纸，他们称一等品的莎草纸为“奥古斯都纸”，以纪念奥古斯都大帝（屋大维）；称二等品的莎草纸为“利维娅纸”，以纪念奥古斯都大帝之妻利维娅。

还有许多其他品种等级的纸，最差的莎草纸为“商人纸”，有六根指头宽。人们不用这种纸来写字，只是用来包装商品。

以前，最大的莎草纸厂都位于埃及的亚历山大港。“亚历山大纸”正是从这里运往罗马、希腊和东方其他国家的。

用莎草纸写好内容之后，人们会把它们粘成百米以上的长卷。怎么阅读这种书呢？如果放在地上的话，它几乎能占据整个街区的面积，而且，趴在地上阅读也不是那么方便。

把它贴在栅栏上吗？但有足够多的栅栏来贴所有要读的书吗，毕竟没有专门的“阅读栅栏”啊！再者，要是下雨的话，书怎么办？怎样保护书不受恶劣天气影响，如何提防那些几天就把一本书撕成碎片的坏蛋？其实需要阅读的时候，可以请两位朋友各拿着长卷的一端，把它完全展开。不，这种方法也行不通，去哪里找愿意每天给你举几个小时长卷的人呢？

也许最好是把长卷剪成数页，然后像现在做的那样，把它缝成书。这种办法可行吗？不可行，因为莎草纸折叠时易断，不像我们现在的纸可以任意揉搓。

埃及人想出来的方法就聪明得多。他们把书卷卷成筒，一般卷在木棒上以防断裂。木棒两端，刻有类似于国际象棋中王的图案。阅读书卷时，可以手握木棒。

我们今天也常用这种方法来卷地图。报纸也常卷在木棒上以防破裂。

以前读书时，左手握住木棒雕花的一端，右手翻阅书卷。也就是说，阅读时，双手都有事可做。当你用右手揉眼睛和拿笔时，书卷就会重新卷起来。这种书，无法抄录副本，也不能在上面做注。如果想从书上做摘录的话，就得两个人合作，一人口授，一人做记录。

知识渊博的人，如果习惯周围堆满书，每本书都翻到所需页面，那他就会发现，这种书非常不便于工作。

这还不是莎草纸书卷唯一的缺点。通常，一份手卷，只是一部书的一部分。厚厚的一卷的内容，在埃及人、希腊人和罗马人那里，却要分为几份手卷。那个时代的书，不能塞进口袋。想要随身携带书的话，就必须把所有的书卷装进有背带的圆桶里，像大帽盒一样，然后把它扛在背上。富人一般不会自己扛书，去图书馆或书店时，他们会带上奴隶，让奴隶带上装书的桶。

那时的书店，更像卖墙纸的商店。长长的架子上，放着一排排书卷，像一卷卷墙纸。每一卷上都挂着写有书名的便签。

从前，人们用黑红两色在莎草纸上书写，笔是有尖头的芦苇秆。每个埃及抄写员，总会随身携带笔盒与水杯。这种笔盒现在还能在艾尔米塔什博物馆[①]看到，它是一块小木板，上面有放置芦苇笔的长槽和放颜料的两个凹处。墨水是后来才出现的。

古代墨水完全不像我们现在使用的墨水。古代墨水由煤烟掺水搅拌而成。为了让墨水更浓稠和不从笔尖渗到纸上，人们会在墨中添加阿拉伯树胶。

---

① 位于俄国圣彼得堡，世界四大博物馆之一。

古代墨水也没有现在的稳定耐用，用海绵就能轻易刷掉，海绵以前用来当作橡皮。不过，也有用自己的舌头代替海绵的情况。相传，在罗马皇帝卡利古拉的皇宫中，经常举办诗歌比赛，输了的人就得舔干净自己的作品。

人们曾劈开芦苇笔，以便墨水能更好地流通。这种有裂缝的笔，有点儿像我们现在所使用的钢笔。

如果没有裂缝的话，笔会变得毫不中用。试试用断了一边笔尖的笔写字，你就会发现几乎无法书写。假如两边笔尖都完整的话，那又是另一回事了，因为墨水可以通过笔尖中间的缝隙均匀流出。如果想要更粗的笔画的话，可以按压笔尖来增加“墨管”的宽度，增加墨水的流入量。简直太高明了！

在金字塔的墙壁上，至今仍保存有大量埃及抄写员的图画。这些抄写员大部分是年轻人，坐在地上，左手捧着莎草纸书卷，右手攥着芦苇笔。抄写员像许多现在的店员一样，耳后插着两支备用的笔。

接下来，我要给你讲一个关于抄写员的故事。

抄写员的故事

如果扫视抄写员捧在手中的书卷，我们会惊讶于书卷上密密麻麻的文字，完全不像我们熟知的象形文字。这些鬼画符，与我们常在陵墓和庙宇墙上看到的雅致图画毫无共同之处。

其中的原因不难理解，因为在莎草纸上写字，比在石头上刻字要简单得多。在石头上要花一个小时才能刻完的字，在莎草纸上只要几分钟就能写好。所以莎草纸上的象形文字，会失去精美的外形也不足为奇。草书不仅使所有线条变形，也简化了所有的图画。

以前，祭司还考虑文字的美观，还会细心描绘每一个笔画。但不属于神职人员的人，只会关心书写的速度和简洁度。最后，埃及出现了三种字体：象形体、僧侣体（即僧侣的文字）、世俗体（即百姓的文字）。

莎草纸的发明，就是埃及文字变革的导火线。

我们所提及的抄写员，都是用世俗体书写的。当身穿白色围裙的工人把粮食运往粮仓时，他就记录着粮食的数量。工作进行得非常迅速，粮食验收员向抄写员喊出袋数时，他只能勉强记下，哪里还有工夫描绘每个笔画呢!

木板台建在一排排圆顶粮仓上方，工人们就踩着砖砌的台阶拾级而上。他们把粮食筐掮往粮仓顶上的入口，往下倒完黍子，然后匆匆而返，给其他背粮食筐的工人让路。

掮完粮仓前一堆堆已经过秤并堆成堆的粮食，工人们把粮食筐摞在一起，然后就回家了。抄写员把笔放入笔盒，卷好莎草纸书卷，倒出杯中用来稀释颜料的水，然后和其他抄写员从门里走出，在街上转悠。那些楼房那么高，在街上抬头只能看到天空的一条缝。这里生活的都是富人。抄写员的小房子自然不在这里，而是在市郊。

途中，一些抄写员会结伴去小酒馆，共饮一罐甜酒或棕榈酒。但抄写员恩西萨蒙却不想去，而是若有所思地漫步回家了。因为还要十天才能发工资，而他的工钱早已用完了。他家里现在既没有小米也没有黍米和油，他也没活可干。但要知道，有一些抄写员可是拥有庄园和府邸的！

比如，抄写员纳赫特穆特，就管理着国王的粮仓。据说，他盗取了许多粮食，所以现在城里没有谁比他富有。看来，老实人总得忍饥挨饿啊！

恩西萨蒙回想起自己毕业后的七年光阴，整整七年的贫穷困苦！这可不是中学时人们对他说的未来。那时，恩西萨蒙是最聪明的学生。他总是刚一起床，穿好凉鞋，就开始读书了。他一整天都在学习、阅读和摘抄圣贤教诲：

> 莫等闲，空悲切。手到，口到，心到，向师者问道。
>
> 小孩的耳朵长在背上，有人打他时，他能听见。如果你在街上闲逛，我就把你的双腿绑起来，你也会像河马鞭一样腐烂。

恩西萨蒙像自己的同学一样，曾非常熟悉这条河马鞭。因为，在中学这条鞭子像写有训诫的莎草纸一样，是必备的教学工具。但并不是鞭子让恩西萨蒙比其他人学得更好。父亲送他去上学时对他说的话，深深地刻在他心里：“我把你送去学校与名门贵族的孩子一起学习，就是为了让你得到教育，让你为获得抄写员这个美好的职位做准备。”并且，父亲千百次向恩西萨蒙唠叨，校方是出于善心才让他去上学的，因为学校是不让穷人的孩子上学的。

所以恩西萨蒙学习非常努力！他读书写字比任何人都学得快。他能准确地知道，什么时候应该另起一行，即什么时候用红色颜料写另一行的开头，他也没有忘记，用红点把一行诗与另一行分开。《遇难水手的传说》《伊普韦拉语录》《赫蒂之子杜奥训言》和其他他抄录过的书，他都倒背如流。算术与几何学方面，他是学得最好的。这一科的教科书曾冠以以下字样：

> 该方法能帮你理解一切未解之物，以及事物中隐含的奥秘。

比如，如何给五个人分一百块面包，其中两人比其他人多出七倍。这个题就没人比恩西萨蒙算得好。

而今，他再次确信，不仅在教科书上，而且在生活中，面包的分配也是完全不公平的。恩西萨蒙最终也没能成为得到比别人多七倍面包的一员。

不过，恩西萨蒙没有太久地陷入悲伤的沉思中。他还年轻力壮，头脑灵活，有什么好灰心的呢？

于是，恩西萨蒙健步向自己的家走去。家中，还有等待他的妻子和六岁的儿子——未来的抄写员。儿子已经上学，笨拙的小手已经能在泥片和木板上写出弯弯曲曲、不太美观的文字。

第三章　蜡版书

蜡烛这种东西随处可见，但用蜡做成的书却很少有人看到。与砖头书和长卷书相比，这是一种更加神奇的书，因为这种书像油一样，可以点燃。

很少有人知道，古希腊人发明的蜡版书，直到法国大革命前都一直存在。

乍一看，蜡版书像画中画，大小和袖珍图书差不多，由几块小木板做成。每块木板中间部分刨出后，得到一个方形的凹槽，里面填满黄色或黑色的蜡。

两角上有几个小洞，用细线从洞中穿过，把这些小木板装订成书。第一块和最后一块木板表面则不涂蜡。制作蜡版书时，你不必担心擦掉写在涂蜡的木板上的文字。

那用什么在蜡制版上书写呢？

当然不是用墨书写。一般用叫作“стиль”（风格）的钢条来书写，钢条一头尖细，一头圆滑。尖细的一头用来在蜡上写字，更确切地说，应该是刻字，而圆头则用来修改不需要的内容。圆头就是橡皮的另一位祖先。从前，人们不是用钢条在蜡版上做标注的，而是用指甲。在古希腊，当法官要投票时，他们会用指甲在蜡上画线。短线意味着“宣告无罪”，长线则意味着“有罪”。所以法官们的指甲上总是沾满蜡。

蜡版非常便宜，因此人们用蜡版来做草稿，写笔记，记账，开收据，甚至用来写信。莎草纸是从遥远的埃及运到希腊与罗马的，所以价格非常昂贵。那时莎草纸只用来写书。

蜡版还有一个优点，就是经久耐用。在蜡版上写完信寄出后，寄信人通常会收到原来的蜡版，上面还附有回信。因为，可以用钢条圆头无数次抹掉所写的内容，再在上面重新写字！

那时，人们通常劝告新手作家：“可以经常倒转钢条，也就是用圆头修改所写的内容。”时至今日，人们还常说“某人的 стиль（风格）不错”，也就是指他写得很好，尽管“стиль”钢条早已不用来书写。

虽然蜡版很容易擦平，但也有不便之时。有时，重要的密函抵达时已被擦掉，或者内容已被送信人人为修改。为了防止这种情况的发生，人们通常在写好的信上涂上一层新蜡，并在上面写一些寒暄的话，比如“你好，某某，身体是否安康？请来寒舍共用午餐”等等。收到信时，人们会小心翼翼地取下上面那层蜡，然后再读下层蜡上所写的信。也就是说，那时候的信像房子一样，可以是一层，也可以是两层。

拉丁字母在石头上显得笔直而匀称，在莎草纸上显得圆润，在蜡版上则会变成潦草的草书。

只有精通手稿的古字体研究者，才明白罗马人写在蜡版上的文字；而我们普通人，就很难读懂逗点和小钩之间的那些内容了。

你可以自己试着做一块蜡版，然后随便在上面写点儿什么，你就会发现，很难在蜡版上把笔画写得工整而圆满，特别是写得快的时候。

直到发明了铅笔，纸张也更加便宜之后，我们才不再需要蜡版。但几百年前，没有哪个学生腰间不挂蜡版的。

人们曾在吕贝克市圣雅各布教堂旁的水沟中找到一堆学生

们用来写字的蜡版。这里还找到了大量“стиль”钢条，裁剪羊皮纸用的小刀和用来打学生手心的戒尺。可以说，那时候的学生曾被狠狠地揍过。所以，以前的人不说“我曾经上过学”，而是说“我被打过手心”。

在一本编于大约一千年前的拉丁语教材上，有一则师生对话是这样写的：

学生：老师，我们是一群孩子，请您教我们正确说拉丁语，因为我们没受过教育，说得不对。

老师：你们愿不愿意我在教书时鞭打你们？

学生：与其做个不学无术的人，我们宁愿因为学习而挨打。

对话就以这种口吻继续着。

那时候的学生都是盘腿而坐的。膝盖上放有两片蜡版，左手按住蜡版，右手书写老师口授的内容。

用蜡版的不只是学生，僧侣也会用来记录祈祷次序，诗人会用来写诗，商人会用来记账，达官贵人会用来给姑娘写情书或者向情敌下决斗书。有些人用的是外观丑陋的山毛榉木板，外面套着皮革来加固，内部涂满混有油脂的肮脏的蜡。有些人用的是精美的红木板子。此外，还有一种非常奢华的板子，那就是象牙做的蜡版。

13 世纪时，在巴黎甚至有专门制作蜡版的车间。

这成千上万块蜡版哪里去了呢？它们早已被焚毁，或者和垃圾一起丢了，就像我们现在处理废纸一样。如果现在有罗马人写于两千年前的蜡版，那要花多少钱才能买到一块呢！

罗马人的蜡版存世量非常少！它们大多数是在古城庞贝的银行家采齐立·尤坤德家中找到的。古城庞贝与附近的古城赫库兰尼姆，曾在维苏威火山喷发时一同被灰烬掩埋了。要是没有火山灰的话，这些蜡版也不会传到今天的。

罗马人的莎草纸书卷，现在也仅存二十四卷，而且都是在古城赫库兰尼姆的火山灰下找到的。最可怕的悲剧，莫过于光阴流转，沧海桑田。

岁月不饶人，时光抹去了人类活动的记忆，仿佛“стиль”钢条的圆头抹平了蜡版。

第四章　皮革书

莎草纸发展得正如火如荼时，遇到了强大的对手——羊皮纸。很久以前，游牧民族就开始在皮革和兽皮上写字。但当人们学会把皮革做得更精美时，皮革才转变成书写材料的羊皮纸。据说，羊皮纸就是这样发明的。

在埃及的亚历山大港，曾有一座著名的图书馆，馆内收藏了近百万卷莎草纸书卷。托勒密王朝法老非常重视图书馆的扩建。亚历山大图书馆曾长期占据世界第一馆的地位。但从某个时期起，小亚细亚帕加马城的一座图书馆开始取代它的位置。当时执政的法老决定严惩帕加马图书馆，下令禁止向亚洲出口莎草纸。

作为回应，帕加马城的国王则委派本国最好的皮革匠，用羊皮生产出一种可代替莎草纸的书写材料。从那时起，帕加马城长期占据着世界羊皮纸工厂的地位。

帕加马城（Пергам）的名字，也因发明了羊皮纸（пергамент）而被人们铭记。

羊皮纸的许多方面，都优于莎草纸。羊皮纸易于裁剪，折叠时不会折断损坏，也不必担心它会破裂。但是，人们起初还没发现羊皮纸的这些优点。像莎草纸书卷一样，羊皮纸也用来制作书卷。后来人们想到，可以用羊皮纸折叠成本，再把这些本子缝成书。最后就出现了由单页缝制而成的真正的书。

首先，把生的山羊皮、绵羊皮或者小牛皮用水泡软，然后用刀把肉刮干净，再放进有炉灰的水中。经过这些工序之后，再用刀轻轻刮去兽皮上的毛。处理好的兽皮最后用白灰磨光，用轻石磨平。这样，浅黄色的薄皮就做好了，薄皮两面都干净平滑。

羊皮纸越薄，价格也越贵。人们成功生产出薄薄的羊皮纸后，就可以把一大卷放进桃木硬壳里了。古罗马演说家西塞罗曾亲眼见过二十四卷《伊利亚特》的羊皮纸卷。

人们一般会修剪皮革边缘来制作大张羊皮纸。把这种大张羊皮纸对折，几张就可以做成一本记事本了。不是所有人都知道，“тетрадь”（记事本）并不是俄语单词，而是希腊语单词，在俄语中意为“четверка”（四裁纸），或者诸如此类的意思。俄语中，类似的来自希腊的词语可不少。比如，“сорок”（四十）这个词，在希腊语中意为“四十名法官组成的委员会”。

其实，很容易理解为什么“тетрадь”（记事本）意为“四裁纸”，因为记事本通常由对折的四张纸做成。后来，人们开始把羊皮纸对折四次、八次，乃至十六次，就有了不同尺寸的书籍，即四开、八开、十六开，等等。

与莎草纸不同的是，羊皮纸双面都可以写字，这也是羊皮纸的最大优点。

尽管羊皮纸有许多优势，但很长一段时间内都无法彻底取代莎草纸。人们用羊皮纸来誊写著作，但当手稿送到书铺时，则用莎草纸来重写副本。这样，作家的作品就从蜡版上转到了羊皮纸上，再从羊皮纸上转到莎草纸上，并以莎草纸书卷的形式呈现在读者面前。

但越往后，埃及纸厂输出的莎草纸越来越少。当埃及占领阿拉伯后，就彻底停止向欧洲出口莎草纸了。但那也是羊皮纸取得胜利的时候。

实际上，这场胜利并不让人愉快，因为胜利前几百年，神圣的罗马帝国已被来自北方和东方的蛮族歼灭。

烽火连年，昔日繁华的城市已变得一片荒芜。不仅仅是博学的人，就连识字的普通百姓都逐年递减。当羊皮纸成为誊写图书的唯一材料时，几乎已经没有人会写字了。

大部分罗马书商的誊写作坊也早就关闭了。只有在皇宫还能看见抄写员，在外交公文上写着错综复杂的华丽文字。在丛林与沙漠平原之间，那些无人问津的修道院里，也可以找到一些修士，抄写着用来超度亡魂的典籍。

在修道院的小房间里，修士坐在高背椅上，聚精会神地抄写着圣巴斯弟盎的言行录。他不慌不忙，小心翼翼地誊写着每一个字，也不怕 次次提笔落笔。书写工具一般是“卡拉姆”（калам）芦笔或羽笔，笔尖儿尖细并裂开。那段时期，鹅毛笔或乌鸦羽笔越来越寻常可见了。

墨水也不是罗马人或埃及人所用的墨水。为了在羊皮纸上写字，人们发明了一种耐久的特殊墨水，这种墨水渗入皮内后，坚固结实，无法洗掉。这种墨汁由五倍子汁、绿矾、树胶或阿拉伯树胶调制而成。这种方法现在还经常使用。

五倍子在西方被称为“墨果”，所以有人认为，五倍子就是生长在墨树上的坚果。就像不存在“牛奶河”与“果子羹岸”一样，世上本来就没有什么墨树。五倍子根本不是什么果子，而是寄生在橡树树皮、树叶和树根的囊状聚生物虫瘿。人们在五倍子汁中加入液体绿矾（绿矾是一种在硫酸里溶解铁时形成的美丽绿色晶体），形成一种黑色液体，再添点儿阿拉伯树胶来增加浓度。下面这则墨水的配方，保存在古代俄罗斯手稿中，那时纸张早已发明：

> 把五倍子浸泡于葡萄酒中，放在阳光下或温暖处。倒上一小瓶崖柏酒，用毛巾过滤后把五倍子榨出汁。再放进瓶中，加入烧黑的绿矾和磨碎的面粉，放在温暖处几日，不时用勺子搅拌，这样就制成了上等墨水。

在调制墨水时，葡萄酒越多越好，这样才能把五倍子完全浸透。根据情况撒上适量绿矾。用笔蘸墨在纸上试写一下，如果不够黑，则可以加入捣碎的树胶。最后就可以任意书写了。

古代的墨水与现代的有一大不同之处。从前，人们书写时，墨水刚开始非常淡白，要过一段时间后才会变黑。我们现在的墨水则好得多，因为在墨水中加了少量颜料。所写的字，对于写的人和读者都非常清晰明显。

漫谈墨水时，我们竟然忘了上面提到的那位修士。在开始眷写之前，他都会在羊皮纸上仔细画上横线。画线用的是套着皮套的铅棒，这就是铅笔的曾祖母。难怪德国人至今仍说“铅棒”（der Bleistift），而不是“铅笔”。

修士一般画两条纵线来分左右两栏，然后画横线来分行。铅书写时颜色较浅，所以用来画线是最好不过的。随后，修士就希望满满地开始了第一行。如果会绘画的话，会先画下大写字母，以此作为句子第一个词的开头。比如，以S开头，他就画下两只打斗的雄鸡，以H开头，他就画下两个搏斗的战士。大写字母在一些抄写员那里，会变成一幅幅完整的画。有人还会画些连做梦都梦不到的东西，比如人头狮身、长着鱼尾的鸟，有翅膀的公牛。总而言之，都是一些前所未有的怪物。

这些字母并不是用黑墨水写的，而是用彩色墨水，即红色、绿色和天蓝色。大部分首字母为红色，因此俄罗斯人称第一行为“红行（首行）”，虽然书上的字母都是同一种颜色。

另一个区别在于，现在我们开始写第一行时，都会空出一定的空间，而中古时期的抄写员却恰恰相反，他们写第一行都会越过格子。也就是说，第一行并不比其他行短，而是最长的。

画完首字母或者留出空格以后（之后会画点儿别的），修士就开始一行一行慢慢誊写典籍了。

为了防止犯错，修士一般会一笔一画地抄写。那时的书只用拉丁语写，而精通这门语言的人寥寥无几。在抄写不懂的词时，很容易弄错，所以，在中古时期的手稿中，都有很多错误。如果抄写员发现错误，他会用小刀刮掉。这种小刀刀锋短而宽，形状宛如树叶，不像现在的铅笔刀那样可以折叠。

抄写员抄写时，字都挨得很紧，因为羊皮纸非常昂贵，所以不得不节省。要知道，一本厚厚的小牛皮书，要一群牛犊的皮才够。有时，信徒会赠送寺庙一些羊皮纸，比如，某位拦路抢劫了许多金银财宝的义士、从海外冒险归来的商人、来向寺院守护神圣巴斯弟盎祈祷的伯爵。但这种好事很少发生。

为节省空间，抄写员会把很多字缩写，比如，“человек”（人）写作“чк”，“люди”（人们）写作“лю”，“Иерусалим”（耶路撒冷）写作“Им”。

修士就这样一连工作几个星期，甚至几个月。要抄完五百页的一卷，至少需要一年的时间。就算腰酸背痛，疲惫的双眼泪水直流，这位老人也无怨无悔。因为他在抄写典籍时，圣巴斯弟盎在天上看着，看他用羽笔写了多少字，多少行。每一个字都是罪孽的宽恕与解脱。而修士贡多吉努斯自知罪孽深重，罄竹难书。如果他不祈求宽恕，就要被打入地狱，扔进烈火和恶魔的怀抱。

一个又一个小时过去了，他想稍作休息，伸伸懒腰。但这不是个虔诚的愿望，因为在人与人之间出没的群魔，会暗中诽谤他。前不久，一位抄写员说，另一位抄写员告诉他，那位抄写员亲眼看见了一群恶魔，长着鼠脸和长长的尾巴。这些怪物只想着如何妨碍信奉神灵的工作，比如碰撞抄写员的手，打翻墨水瓶，在书页上洒下墨斑。

最后，整本书终于完结了。贡多吉努斯关切地看着，那些书页有如田野，色彩遍布。每页上，红蓝字母若隐若现。

要下多少功夫才能做成这样一本书啊！多少个不眠之夜里，修士贡多吉努斯从硬邦邦的床上起来，点燃蜡烛，坐下就开始工作！窗外狂风呼啸，关闭了小小的窗户，有人在寺院墓园中哀号，鹅毛笔吱吱作响，一行行文字在泛黄的羊皮纸上蔓延。当魔鬼因修士的负罪之心，跟天上的门神彼得争执时，所有这些不眠夜和所有这些一行行的文字，都会被一一记下，并把功劳归于修士。

贡多吉努斯最后一次把笔放入墨水瓶中蘸墨后写道：

> 光荣的殉教者，请记起罪孽深重的修士贡多吉努斯，他在本书讲述了你伟大的奇迹。愿你的功劳，助我去往天国，使我免受惩罚。

在基辅罗斯时期，修士最初也是抄写员。他们用羽笔在“牛犊肉”上写字。显然，“牛犊肉”并不是指牛肉，而是牛犊的皮——牛皮纸。羽笔和羊皮纸是从拜占庭运来的，所以价格昂贵。在俄罗斯，抄写员不仅用羽笔写字，还用毛笔。首字母会画成复杂的图案，然后涂上颜料并镀金。整本书散布着“野兽字母”“飞鸟字母”和“花朵字母”。标题上，抄写员会编一些复杂的字母图案——花字，搞得自己都很难认出自己写的内容。

几个世纪之后，出现了一些雇佣抄写员，但实际上也是由神职人员充当。

这些抄写员抄书不是出于“拯救灵魂”，而是因别人定制和用来贩卖的。

越往后，书的需求量也越来越大，人们开始在市场上买书。在书铺里，不仅能买到福音书和圣礼书，还能买到小说故事集。

贸易开始在城与城、国与国之间迅速发展。抄写员们在货摊上匆忙地写着商务信函。

雇佣抄写员可就没工夫仔细描画每个字母了。因此，我们就会看见，在书页上和公文书上，清晰笔直的多角文字，变成了不太准确的简化多角文字，之后又变成了笔触豪放的草书。

在纸上奋笔疾书时，抄写员的笔快速卷曲着字母 p 的末端和字母 c 两端的须部。

抄写祈祷书时，抄写员会依照旧风俗，写下关于自己的几句话作为书的结尾。他虽然认同誊写典籍是宗教事业，但同时也没忘记人间的福利——工作的酬劳。

例如，一本旧德语祈祷书就是这样结尾的：

> 公元1475年夏，圣多马节后第十二日，来自列支敦士登的苏黎世公民约翰·葛伟尔，受我兄弟菲尤斯纳赫骑兵团团长马丁先生之托，亲自抄录并制作了这本祈祷书，以拯救其父其母其亲人其乡友之灵魂。本祈祷书价格为52古尔丁[①]，请诸位为抄写员祈祷。

也有一些抄写员会以一首欢乐的小诗结尾。比如：

> 这是全书的结尾。
>
> 抄写员，请收好自己的钱。

---

① 古尔丁，15至19世纪中欧某些国家的金币，后改为银币。

还有一首更欢快的：

抄录收尾。

来酒一杯。

古代羊皮纸做的书是什么样的呢？大部分是巨大而沉重的书卷，装订有坚固的硬皮封面，封面由两块包着皮革的木板做成，封皮内面包着一块布。

你们可能没有人见过硬皮书，但你们是否知道，为什么硬书皮要超出书本的切边？皮革书脊上的胶皮带是什么？这些小东西都有其意义和历史。人们在发明羊皮纸质书的时候，就开始在书脊上穿上胶皮带，用来隐藏缝制书本的粗线的结头。而外延的木板边缘，则用来保护纸张边缘不受损害。

为了防止硬书皮被剐伤，人们会用铜片来加固，用宝石装饰包角。

这种镶铜的书，与其说是书，倒不如说是个大箱子。用来锁书的锁扣和锁，更强化了这种相似度。要是没用锁扣的话，这种大书一定会走样的。

比较贵重的书皮，是用彩色的精美皮革或丝绒装订的，再镀上金银，镶上宝石。给国王和公爵制作的奢华图书，不只是封面，而且每一页都金银闪烁。保存至今的一些书，紫红色羊皮纸上的字母都是金色和银色的。由于年代久远，紫红色已变成暗紫色，银也失去了光泽，但这种书曾经金光闪闪，仿佛夕阳下的天空。

这种精美的大开本图书，不只是一个人制作的，而是需要六个或七个人。一个人负责初步加工皮革，第二个人用轻石把皮革磨光，第三个人书写内容，第四个人描绘首字母，第五个人画小型插图，第六个人审校是否有错误，第七个人则负责装订。但有时，仅一个修士就能把牛犊皮变成誊写精美、涂上各种颜色的手稿。

如今，我们每个人都有几十本书，但从前书非常稀少而且昂贵。

从前，在各个图书馆，为了防止偷盗，人们会用铁链把书锁进桌子里。1770 年，在巴黎医学系图书馆里，就有这种带锁链的书。

沿用至今的习语“做讲座”和“听讲座”,就是来自于那里。古代的书籍特别昂贵，而学生们都没有书。教学过程一般是教授朗读并解释书中的内容，学生们听。“讲座”（俄语）这个词就是“读”的意思。

第五章　胜利之纸

就像羊皮纸战胜莎草纸一样，羊皮纸最终也不得不给我们现在所熟悉的纸张让路。

中国人发明了纸。大约两千年前，在欧洲，希腊人和罗马人还在用埃及莎草纸书写时，中国人就已经会造纸了。

造纸的原料是竹子的纤维、些许青草和旧碎布。把原料放入石臼后，掺水磨成纸浆。中国人就是用这种纸浆造纸的。

人们用一种框子来当造纸的模具，框底有细竹条和丝线编织的网筛。往模具里倒入少量纸浆，再前后左右摇晃模具，让纤维搅在一起形成毡子。水渗干之后，网格上就会留下潮湿的纸张。小心翼翼地揭下，放在木板上，然后拿到太阳下晒干。最后用木头把一沓沓纸压平。

中国现在的手工纸仍用这种方法来制作。

中国人是多么神奇的民族啊！简直就是发明天才。纸质灯罩、书、陶瓷花瓶，中国人无处不表现出坚韧不拔的精神和发明才能。中国人早于西方人发明了瓷器、印刷术、火药和造纸术。

很多年过后，造纸术才从亚洲传到欧洲。造纸术的传播过程是这样的。

在公元 704 年，阿拉伯人占领了中亚的撒马尔罕城。除了其他战利品，他们还从那里获得了造纸秘方。后来在被阿拉伯征服的国家和地区，诸如西西里、西班牙和叙利亚，出现了造纸厂。在叙利亚玛姆比德舍城——欧洲人称之为巴姆比采——曾有过这样的造纸厂。阿拉伯商人把巴姆比采生产的“巴姆比钦纳”（бамбицина）纸，与其他东方商品，如调料（丁香、辣椒和香油）一同运往欧洲。可能，俄语中“纸”（бумага）这个词正是来源于此。当时巴格达纸是最好的纸，这种纸一般以大张的形式售卖。当时埃及生产的纸张类型多样，从巨型的亚历山大纸到信鸽通信用的微型纸都有。

用旧碎布生产的纸，纸张泛黄，带有黑斑，在阳光下甚至能看见某些地方残留的碎布。

几个世纪之后，欧洲才有了自己的造纸厂，人们当时称之为“纸磨坊”。13 世纪，在意大利和法国就有了这种纸磨坊。

有时，历史学家会找到没有标明制作年份的古代文件或历史证书。

那如何确认年份呢?

学者把注意力转到了纸本身，把纸放在灯光下仔细研究，然后说:“这是某个世纪的文件，因为当时书写的纸张就是这种。”“而这份文件写下的时间要晚得多。”

学者是通过什么方法得知的呢？在灯光下研究纸张的时

候，他看到了什么？

他在纸上看到了显眼的水印。

每位工匠都有自己的水印和商标。除水印之外，工匠很少写上年份和签名。商标种类是最繁多的，有人的头像、半只鹿、塔、骆驼、手套、独角兽、狮子、美人鱼、长着鸟的脑袋的有翼狮子、头戴冕冠和手持权杖的罗马教皇。

水印是这样来的。把纸浆倒入底部为铁丝网的模具之后，这种图案水印就来自模具底部的铁丝。有铁丝的地方，纸张要比其他地方薄得多。所以，在灯光下仔细观察纸张时，就会看到，曾经放铁丝网的地方有明显的花纹，有铁丝图案的那里就是水印。

最古老的水印是圆圈。如果你在纸上看到这种水印，你马上就可以说，这种纸产于 1301 年。

14 世纪时，纸经诺夫哥罗德传到俄罗斯，那里的纸由汉萨同盟[①]的商人运送而来。这种纸产于意大利。15 世纪，旅者

① 汉萨同盟，14—17 世纪以吕贝克城为首的德意志北部城市间的商业政治同盟。汉萨一词，德文意为“公所”或者“会馆”。

巴尔贝里诺游历了莫斯科后，在日记上写道：“他们早想引入造纸术，甚至可以说他们已经在造纸，但这种纸还不能使用，因为他们的这门艺术还有待完善。”

俄罗斯的第一家“纸磨坊”建于乌恰河畔，距离莫斯科三十俄里，但这家“纸磨坊”使用时间并不长。

一百年后，人们又建了新的“纸磨坊”，但这次是在帕赫拉河畔，旁边有面粉磨坊。

面粉磨坊主曾做过纸匠的助手，他们一起着手造纸，但在1657年春，“水从山上来，冲毁了水坝”，磨坊也被摧毁了。后来，又在亚乌扎河畔建造了另一座磨坊。

这座磨坊生产的都是大型纸张，水印像阿姆斯特丹市徽，只是略微粗糙，水印上狮子不太像狮子，盾牌与真盾牌也没有任何相似之处。

从水印上看，俄罗斯的纸磨坊主都努力仿造当时最好的荷兰纸。

纸就这样从中国，经撒马尔罕、叙利亚、意大利和德国传到了俄罗斯，差不多完成了一场环球旅行。在旅途中，纸的生产原料也变了，欧洲人开始用亚麻破布来造纸。

起初，人们并不想承认纸，只用它来写不必长久保存的东西。写书仍旧用羊皮纸。但越往后，价格便宜的纸就逐渐地把昂贵的羊皮纸排挤掉了。并且，纸也变得越来越好，越来越耐久。有人开始尝试用纸来写书，但会在两个小本之间夹上一张羊皮纸来加固。

又一百年过后，羊皮纸书已经变成稀有之物了。

别无他法，因为商业正在快速地发展与扩张。从一座城到另一座城，商队就这样沿着城市缓缓前行。从一国到另一国，载满商品的商船顺海沿河而行。随着贸易的发展，除了集市、交易市场、货仓、商队、船舶之外，还滋生了各种收据、账目、票据、商务信函和会计书。做这些就必须用到纸，也需要受过教育的人。这时受教育的人已不像往日那样只是修士了。各地纷纷设立了中小学和大学，渴望接受教育的年轻人，从各个地方拥向大学城。在巴黎，大学生住在塞纳河左岸，占了整整一个小区，这个小区现在被称为拉丁区。

所有这些朝气蓬勃、欢乐、渴望知识的青年，都需要书和本子。贫穷学生哪来的钱买羊皮纸呢？便宜的纸拯救了他们。当时，抄写书籍的不再是笃信宗教的修士了，而是漫不经心、好斗的学生。学生不是特别在意美观与整洁，首字母常常饰以吐舌的面孔、大肚皮的野兽和教授的漫画形象。

那时，学生非常不尊重书本，会在课本的书页边画满丑陋的人物，写上一些粗鲁的话，比如“废话”“胡扯”和“胡说八道”，等等。

看看这个学生。他正坐在自己小屋的屋顶上写字。他面前有一个月牙形墨水瓶，放在桌板的小孔里，还有熏黑的油灯。腰上挂有鹅毛笔的皮革笔盒。虽然时已深秋，但房间里并没有生火取暖。前天夜晚，这位大学生想从码头的平底船上偷些柴火，但被守夜人当场逮着，还把他痛打了一顿。除了又干又硬的面包片和一杯水，他什么吃的都没有了。

从外表上看，他像一位衣衫褴褛的消瘦的修士。剃光头顶之后，他就可以说已经小学毕业了。但除了斑秃外，他没有任何僧侣的特征。他身上的伤疤和青肿，不禁让人想起他前不久在小餐馆跟鞋厂的学徒大打出手。

那时，学生过得并不快乐。首先，是修道院学校，在里面会被鞭打，被用戒尺打手心，还有各种各样的惩罚。其次，要在各个村庄与贵族庄园间漫游，当巡游老师。有时会挣到一点儿工钱，但大多时候不得不忍饥挨饿，在路边水沟里过夜，去农舍偷那些熟睡的鸡。最后，进大城市念大学时，同乡拉他入伙并管他叫“高个儿牧师”。他喜欢和别人激烈争论、狂饮和斗殴。在小酒馆谁人不知“高个儿牧师”？在喝酒方面，他可是一流。唯一糟糕的是，他口袋里从来没有过一分钱。他几乎找不到工作，只能给附近的居民抄抄祈祷书和赞美诗集。

所有这些想法，一个接着一个地在学生的脑海中回荡着。手在纸上移动得越来越慢。脑袋垂在桌上，有节奏的鼾声代替了羽笔的沙沙声。油灯继续冒着烟，烟熏黑了房间的墙壁。无耻的老鼠在墙角奔忙和吱吱叫。看，那些老鼠在啃面包皮——学生明天的午餐。但那个学生什么都听不见了。他沉睡着，梦见了他明年要戴的学士帽。

正在这时候，在德国美茵茨城，来自古腾堡的约翰内斯·根斯弗莱希正在审视印刷厂刚刚给他印制的第一本书。

从字体和排版上看，显然是模仿手稿的。但从远处看，所有差别仍然一目了然。清晰的黑色文字挺直而匀称，仿佛阅兵式上的士兵。在与抄写员的羽笔战斗时，印刷机很快就取得了胜利。因为抄写员要几年才能完成的著作，印刷机几天就可以完成。

起初，抄写员还参与书籍工作。那时印书都不带首字母，首字母是抄写员后来用颜料画上去的。但这却大大抬高了书的价格，因此，常常出现首字母的位置是空白的情况。正因如此，印刷书籍上的首行，不像手稿上一样挤到格子外，而是比其他行更短。

这就是第一行的所有历史了。现在你已经知道，为什么称之为首行了，因为这一行比其他行短。

越往后，印刷书籍与手稿之间的相似之处也越来越少了。铅字也逐渐发生了变化。曾经，小字用手写很难，而印刷机印小字则毫不费力。于是，排版紧密的印刷小书代替了大厚本书。

在手写书籍中，画家必须得仔细描绘每一幅图。在印刷书籍中，则出现了代替手绘的版画。印刷机也是“画家”，几小时就可以“画”出上百幅版画。

这可以使书的价格便宜许多，即使不是所有人都能买，但大部分人还是能买的。富人不喜欢这些新事物，他们把印刷书籍看作是给穷人的书。买书的时候，他们把书拿给画家，让画家给版画上色，使书看起来更加华丽。

书上的新东西，一年比一年多。现在，当你翻开一本书，看到封面和目录时，已经毫不惊讶，每一页都有页码也是自然而然的事。看到逗号时，你也不会惊讶地问：“这是什么新鲜玩意儿？”

但在当时，不仅封面和目录，就连逗号和页码都是印刷业的新事物。

甚至可以说，这些东西一出现就是新事物。

比如，封面出现于 15 世纪，下面是出现原因。

从前，书籍不是印制的，而是抄写的，大部分书籍不是用来卖的，而是有人定做。因此，那时抄写员无须为书籍大肆宣传。抄写员一般都会在书尾签上名，写上出版年份和地址。

印刷厂主所处的情况就完全不同了。书一印就是成百上千册，而且目标不是订购者，而是普通顾客。但怎么找买家呢？要用有趣的标题把顾客引进书店，标题一般用大号字体印在首页。

这样就出现了封面，通过封面，读者可以了解书的详情，比如书的内容、作者、写书的原因、发行地点和印刷公司。

仅仅标题一般就占了五六行的空间。宣传式标题正是源于此，可以根据这种标题来辨认古书。

封面挂在书店入口处，也起到了书籍发行的广告作用。

但逗号是谁发明的呢？

十五、十六世纪之交，威尼斯印刷商阿尔杜斯·马努提乌斯发明了逗号。在那之前，书上只有两种标点符号，即句号和冒号。阿尔杜斯·马努提乌斯还给书加上了目录。

而给书加页码则始于 16 世纪。

书就这样变化着。

书的购买者变了。以前，会有神父向抄写员订购圣礼书。贵族家庭会派仆人来定制有精致羊皮封面的祈祷书。神学家则委托抄写神父作品的巨册。

于是，印刷书籍找到了各个阶级不同身份的买家。书店里，市民与学生，肩摩踵接。书架上，神学巨册积满一层灰，但是，骑士小说、史书、尖锐的政治讽刺文、希腊作家和罗马作家的小本选集，在买家手上传来递去，却不会滞销。

当然，社会上神学巨册比小本书更受欢迎，但人们最喜爱的是生动的讽刺文。当大开本书静静地躺在书架上时，人们常常像打猎一样，寻觅讽刺作品。假如某本书被罗马教皇列入他的“至圣”黑名单的话，那这本书的命运就会非常悲惨，会被毫不留情地消灭。

印刷商曾使用各种手法来瞒过检查员。比如，他们会出版一些内容“随意”的书籍，有时甚至抨击宗教，但他们在前言里写道，圣金口约翰[①]本人也把这本书放于自己枕头底下，甚至夜里都舍不得与其分开。

在俄罗斯，第一批印刷商也不得不与身披僧袍的教育压迫者作斗争。

伊凡四世时期，俄罗斯在莫斯科建了第一家印刷厂。

---

① 圣金口约翰，或译约翰一世，是君士坦丁堡牧首。

伊凡大帝下令，在赫赫有名的莫斯科城建造印刷厂，即发展印书事业，以肃清和纠正头脑愚昧且非科学的书籍抄写员。

在克里姆林宫与一排排货摊附近，圣尼古拉希腊修道院[①]与别洛博罗特涅姆钦宫之间，修建了一座带塔的大厦，大厦饰以双头鹰，栅门巨大。

印刷厂的建造，由伊万·费奥多罗夫和其同事彼得·姆斯基斯拉韦茨负责。伊万·费奥多罗夫是受过教育的人，他了解图书，熟悉铸工，曾做过木工、油漆工、雕刻家和装订工。

十年光景，他俩一直忙于建造莫斯科印刷厂，直到 1563 年才开始印发第一本书。

伊万·费奥多罗夫亲自制造印刷机，铸造字母模板，亲自排版与校对。这本书叫作《圣徒》。

这本书整整制作了一年。印完第一本书之后，又制作了其他许多书籍。

莫斯科印刷厂的工作并非一帆风顺，它虽有强大的盟友，但对手也不少。

---

① 又称尼古拉修道院，是莫斯科最古老的修道院之一，建于 14 世纪。

印刷厂的盟友与靠山是伊凡四世本人，他在建造印刷厂的同时，也建造了沙皇直辖区。伊凡四世知道，出版文字是何等强大的武器，他把矛头指向了自己的敌人——大贵族。

印刷书籍的敌人是大贵族与神职人员。大贵族反对沙皇发起的所有创举，而僧侣也不想把抄书事业拱手让人，他们害怕印刷机会给全民提供识字的机会。

英国人贾尔斯·弗莱彻在游历莫斯科时写道："僧侣们一窍不通，所以想方设法妨碍教育的普及……因此，他们劝说沙皇，教育上的每一次成功，都可能引发革命。"

弗莱彻还讲述了斗争的结束过程："很快，印刷厂所在的那栋楼在夜里被点燃了。据说，如神职人员所愿，带有文字的印刷机被烧毁了。"

但伊万·费奥多罗夫和他的同事们怎么办呢？他们不得不逃往国外。

他们在一本书的后记中写道：

这场仇恨把我们逐出了自己的土地和祖国，使我们与祖辈相距千里，使我们在陌生的国度流亡。

但印刷文字并非如此轻易言败。

几年之后，人们又开始在莫斯科印刷书籍了。

谈起印刷厂时，我们差点儿又忘了本章的主角——纸。

印刷书籍需要太多纸张，甚至可以说，没有纸，就没有书籍出版业。

实际上，人们起初还尝试过用羊皮纸来印书。但羊皮纸的书比普通纸质书贵三倍，所以，普通纸质书战胜羊皮纸书就不费吹灰之力了。

在 17 世纪，俄罗斯已经大量使用纸张了。在衙门办公厅，人们用纸抄写冗长的奏章、敷衍了事的复文、备忘录、上级指令、禀帖和调查记录。与纸张同时出现的还有官僚主义的拖拉作风，其导致侦查某个“妖门邪道”都需要数年时间。

“他们把待办事项粘成卷，存放在年度大柱子里，然后这些事项就躺在各个部门里，因潮湿而脱胶腐烂，还会被老鼠咬坏。因此，许多旧事务、奏章和指令，就乱扔在各个地方，无人经管，最后丢失，直到完全消失不见。”——一份 17 世纪的“古文献”这样写道。

一位旅行家给我们描绘了17世纪的莫斯科办公厅：

“当时，我观察了这栋大楼的办公室。它们都位于拱顶下，窗户很小，看起来像监狱。这里只有清一色的小职员，他们两人一组坐在箱子上、椅子上和长凳上，有的在上面，有的在下面，漫无秩序。我甚至能看见有一个人跪着。他们都在忙于写公文或者翻阅书卷，非常敏捷地展开又卷起。这些书卷是一些长带子，由纵向撕开又粘上的纸张制作而成。”

俄罗斯当时的纸主要来自荷兰。1716年，彼得一世下令在杜杰尔戈夫附近建纸磨坊，1720年，在造船厂后面建成了第二座纸磨坊。这些纸磨坊的纸可以通过水印来识别，像彼得堡的市徽一样，这种纸上面绘有海锚。曾有指令说，这种纸将在海军部售卖，并且这件事曾大张旗鼓地公开宣布。

印刷术的发明，大大提高了纸的需求量。从印刷厂运往书店的书，一年比一年多。终于，用来加工纸的旧碎布供不应求了，显然需要寻找其他造纸原料。无数次尝试之后，人们终于发现可以用树木来造纸。

现在，只有制造上等纸张时，才会用到破布。书写纸、报刊用纸和包装纸都是用木材造的。

外形上，纸张完全不像破布或者木头，但事实上，它们有许多相似之处。仔细观察折损的火柴，或从破布中扯出来的细线，你就会发现，它们都是由非常细小的纤维组成的。纸正是由这些小纤维制造而成。如果你从一张纸上撕出一小片，然后在灯光下观察它的边缘，你就会相信了。

纸是怎样造出来的呢?

我们得从头说起。很久很久以前，世上有一件衬衣，因为破旧而开绽之后，和其他废料一起被运去了仓库。在仓库里，人们会把破布撕开，粗麻布放一边，印花布放一边，口袋布放另一边。随后，人们把撕好的破布打包寄往造纸厂。

在造纸厂里，来自污水坑、医院和垃圾堆的破布散落一地。人们的首要任务就是，把破布堆在蒸汽室里，用热蒸汽熏，以杀死所有的病菌。

然后把破布晒干，把布上的灰尘拍干净。造纸厂有专门的机器，昼夜清理着上百普特的破布。如果人工用木棍来清理破布的话，那肯定会扬起漫天灰尘!

清理好的破布被扔进破布切碎机里，转瞬间，破布就不见了，取而代之的是细小的碎布。

现在要清理掉碎布里所有不需要的杂质。把碎布放入造纸厂用来清理杂质的大锅炉中，加入碱液或石灰熬煮。煮好的碎布漂白之后，放在专门的机器上磨成纸浆。

造纸的一半工作已经完成：破布变成了由细小纤维组成的纸浆。

剩下最难的一步，即用纸浆造纸，这一步是由造纸机来完成的。

实际上，不是只有一台机器，而是连在一起的一排机器。把纸浆灌入机器的一端，做好的纸张就从另一端出来。

首先，把纸浆倒入沙箱中，沙箱是种底部有小隔板的箱子。当纸浆经过沙箱时，所有的沙会立即掉落，把纸浆压在底部。

然后把纸浆倒入滤器，不停地抖动。纸浆内的结和团块留在上面，干净的纸浆则会经过细缝，流到机器的网筛上。

这种网筛，类似我们在中国手工作坊见到的那种网格。只是这种网筛不是用手摇晃，而是架在两根轴上，像传送带一样，一直绕着轴转动，把纸浆向前推进。

最后，把湿纸张从网筛上移到呢绒垫上，垫子上有一排排滚筒，一排滚筒用来挤出纸中的水分，另一排内部有蒸汽加热，用来彻底烘干湿纸张。机器末端装有刀子，把纸张切成所需的尺寸。

或许，你可能觉得这些描述很无聊，但如果你亲眼看见如何造纸的话，你肯定会忘了苦闷的。

想象一下，车间里，机器从头到尾一台台排列，里面几乎看不见人，但工作并没有停止，而是全速进行着。有些机器，一天能生产上百吨纸。这种机器的筛网一昼夜所走的路程，等于彼得堡到莫斯科的距离。

用木材造的纸，也是这样生产出来的，唯一的区别在于造纸的前半部分工序。因为木头不是破布，要把它捣烂成纤维并清除上面的杂质，需要完全不同的机器和方法。

这次我们也从头说起。杉树生长在森林里，冬天，人们会把杉树齐根锯断，砍掉树枝和尖细的树梢，然后沿着雪橇路运往小河中。

春天来临，小河的水位上涨，浮起原木，那些原木就从小河漂到了大河。人们在那里把原木捆成木筏，然后，欢乐的木排工人就划着木筏前行，行驶一两天后，看到远方造纸厂的熏烟，便在这里把原木拖上岸。

在造纸厂里，原木马上就被用来加工了。首先，用剥皮机剥树皮，然后用削片机把原木削成木片，之后再用筛分机筛选，最后熬煮。煮原木的时候，不像煮破布一样添加碱液，而是添加酸液。把经过熬煮去掉杂质的木材洗净，捣成纤维，去掉碎木块，最后倒入造纸机的筛网中。

这样，从一台机器到另一台机器，杉树就变成了纸张。

我们的纸什么都好，唯一的不足是，它非常不结实，这是人们把木材泡在漂白液里漂白造成的。漂白粉腐蚀性极强，肉眼无法发现纸张受到了损害。一千年以后的人类，还能看到我们现在的书吗？也许某个中古时期修士写在羊皮纸上的手稿，寿命都比我们最好的印刷厂印发的书要长。

不过，永久保存书籍和文件的方法已经找到了。1935 年，一家实验室制作了第一张永久“书页”，它不是用纸做成的，而是用特制的不碎玻璃。坚固金属质的字母，不是写在那“书页”上，而是熔进去的。那张“书页”的尺寸总共只有一平方厘米，尽管小，它却可以装下整版《真理报》。读这种报纸只能借助显微镜，因此它占用的地方也不多。

刻在“永久薄片”上的最重要的历史文件，保存在科学院的档案馆里。几千年后，历史学家可以通过这张薄片了解我们这个时代的大事。

我们现在的纸，和第一本印刷书籍的纸，已经大相径庭了。我们现在使用的笔，与古代书写的笔更是截然不同。经常发生只有名称流传下来的情况。有些笔的名称比笔本身活得更长久。铅笔刀不再用来削铅笔，也没有了尾巴长有钢笔尖的鸟。

1826 年，马宗发明了制造钢笔尖的机器，从那时起，钢笔就快速投入使用，代替了鹅毛笔，为人类服务了一个世纪。

想想我们的曾祖父用鹅毛笔写字，真是太奇怪了。在彼得堡办公厅，曾有一些官员，从早到晚给他们的上司削鹅毛笔。这种工作相当费力，还需要很多技巧。笔要求斜着削，削尖，再劈开，比削铅笔难多了。写满一页之后，人们会在纸上撒上沙子来烘干。但信函密封时，沙子也掉到了信封里。抖几下信封，就能听见沙粒在里面滚动。书写工具包括能插入鹅毛笔的撒沙器。

一位发明家在钢笔尖出现前不久，还在售卖鹅毛笔，但这种鹅毛笔是插入钢笔杆中的。也就是说，钢笔杆比钢笔尖出现得早，而不是像推测的那样同时出现的。

铅笔比钢笔古老，人们在古代就已经用铅笔写字。法国人雅克·孔蒂率先制作了石墨粉和黏土混合的铅笔。掺进黏土，是为了不让铅笔那么易断。人们把压紧的石墨棒放入小木板上的凹槽里，再在上面放一块有凹槽的小木板。最后把两块小木板粘在一起。这样就做成了古代的铅笔，外形是有六根石墨棒的板子，然后用刨削机把它切成六段铅笔，最后再磨光，装进盒子里。

铅笔和钢笔，似乎不像其先辈钢条笔和鹅毛笔那样，使用历史悠久。因为在各个部门，打字机早已取代了钢笔。或许有朝一日，每个学生都会有自己的袖珍打字机。

第六章　书的命运

拉丁语中有句俗话说:“每本书都有自己的命运。”书的命运经常比人的命运更加稀奇古怪。

比如，希腊诗人阿尔克曼的诗集，这份莎草纸手卷，是以最奇怪的方式流传至今的。如果没有被埋葬的话，它早就毁坏了。并且，人们曾像埋葬人一样埋葬这本书。

古埃及有种习俗，会在坟墓里把死者所有的纸和书与木乃伊——涂过防腐剂的尸体合葬在一起。几千年前人们所写的诗歌、科学著作和书信，躺在木乃伊的胸口，一直保存至今。

埃及的墓穴里，保存了很多图书馆无法保存的书籍。古埃及最大的图书馆——亚历山大图书馆，在尤利乌斯·恺撒军团占领亚历山大港时被焚毁了。在那些成千上万被烧毁的书卷中，有多少精美的手稿啊！图书馆林林总总的著作中，只有一些片段传到了今天。那些曾让读者笑与哭的书，如今只剩下一些书名，犹如刻在墓碑上的名字犹存，而人早已腐烂，早已被遗忘。

但有些图书的命运更加令人惊讶，因为有人企图摧毁它，它反而幸存了下来。更确切地说，人们企图消灭的不是书本身，而是书上所写的内容。

在中古时代，羊皮纸还非常昂贵时，有人曾找来古代的手稿，用刀刮掉原来的文章，然后在希腊史诗或罗马史学家著作的位置上，写下圣徒的传记。当时曾有专门从事刮除毁灭书籍的专家。

要是我们现在还没办法恢复那些被摧毁的书籍，或所谓隐迹纸本①的话，那很多书就毁在了这些刽子手的手中。

墨水在羊皮纸上渗透得太深，最残酷的刮除也无法消除文章的痕迹。为了显现出淡蓝或浅红的原文轮廓，经常要用各种化学成分把手稿弄湿。但别高兴得太早，因为羊皮纸被化学成分弄湿之后，会很快变暗，或者内容会变得非常不清晰，无法

① 隐迹纸本，古代和中世纪初期的手稿，写在洗去或刮去原有文字的羊皮纸上。

阅读。使用从五倍子中获取的鞣酸来重现隐迹纸本时，这种情况就经常发生。在每家大图书馆里，都有一些这种死过两次的手稿。

据说，一位专门从事复原隐迹纸本的学者，为了隐瞒翻译时犯的错误，曾故意毁坏手稿。

不久之前，人们开始用其他成分来代替鞣酸，这种成分能让文本短时间内显现。这时就要马上拍下照片，然后迅速把这种成分清洗掉。

据最新消息说，有人学会了不需要任何化学处理，就可以从隐迹纸本上拍下照片。人们用特殊的光——红外线，来照亮这些手稿，并用到能感应红外线的感光板。

有人曾尝试在红外线下拍摄西班牙古书，发现宗教裁判官曾用黑色的浓墨勾掉了几行字。照片上，墨水几乎看不出，但勾掉的几行字被成功解读了。那些宗教裁判官曾以为，他们可以永远抹去书上的墨迹。

如果书有敌人的话，那它们的朋友也肯定不少，那些朋友就在埃及的坟墓中、在赫库兰尼姆古城和庞贝古城的灰烬下、在寺院的档案室里。

书的其中一位朋友是斯齐皮奥涅·马菲[1]，有篇故事非常有趣，故事中讲述了他是如何发现维罗纳图书馆中珍贵的拉丁语手稿的。

在马菲以前很多年，几位去过维罗纳的旅行家在自己的札记中提及了藏有珍贵拉丁语手稿的维罗纳图书馆。关于这座图书馆，马菲唯一知道的就是，著名学者马比雍和蒙福孔曾找过它，但一无所获。那些旅行家的失败，并没有使他气馁。尽管马菲不是古代文献专家，但他还是热心去寻找了。终于在别人无功而返的地方——维罗纳图书馆，马菲找到了那些书。当时，图书馆的那些书柜里没有一本书。但在马菲之前，谁都不曾想过爬梯子到书柜的顶上去看，顶上那些珍贵的手稿，已经躺在灰尘与混乱中很多年了。马菲高兴得几乎晕厥，因为出现在他面前的是现存最古老的拉丁语手稿。

关于书，还有许多传奇故事可讲，比如亚历山大图书馆在火灾中烧毁的书、寺院藏经阁里被遗忘的书、被宗教裁判官焚

---

① 斯齐皮奥涅·马菲（1675 年 6 月 1 日—1755 年 2 月 11 日），意大利诗人、考古学家和美术史学家。

毁的书、在战争中被摧毁的书。

书的命运不但能反映人的命运、民族的命运，甚至能反映国家的命运。书不仅讲述历史和传授知识，还参加战争与革命，协助推翻暴君；书既为被压迫者而战，也为压迫者而战。有的书一眼就可以看出它的追随者。

我在科学院的图书馆见过一批1789年革命前出版的法文书。其中一些是保皇派书籍，是些大型的宏伟巨册，华丽的封面上刻有精美的版画。另外一些是革命派的袖珍书籍，很方便塞进口袋或袖子里。他们制作这些小书，是为了便于过境携带，或者遇到搜查时方便藏起来。也就是说，这种开本的书也不是偶然之物。

书的生命和人的生命总是息息相关的。我想起一件事，当时一个人与他的书同时毁于一场大火中。这件事发生在16世纪的法国，1546年，里昂市的印刷工人宣布罢工。这是历史上印刷工人的第一次罢工。排字工人与印刷厂老板的斗争持续了两年之久。但一名印刷厂老板艾蒂安·多雷“背叛”了他的同行，反过来支持印刷工人。罢工虽然结束了，但很多印刷厂老板仍怀恨在心。五年之后，巴黎大学神学系发生了一起告密事件。里昂市的印刷厂老板告密称，艾蒂安·多雷印发鼓吹无神论的书籍。最后，多雷被判刑，在巴黎莫贝广场与他的书一起被烧死了。

流传至今的每一本古书，都是一个经历了历史风暴的纸鹦鹉螺。这种鹦鹉螺在途中遇到了多少惊涛骇浪啊！书是由最不结实的材料做成的，不要说火，一条书虫就足以摧毁它。

当代，书籍都是以上千册的数量印发的，人们总希望能流传几个世纪，哪怕只有一册。但在古代，书籍不是印发，而是誊写下来的，手稿的毁灭，也就意味着手稿上内容的毁灭与死亡。所以，保存至今的古代手抄本很少。

比如，在古代莫斯科城，有不少书都是毁于大火。历史上，莫斯科不止一次发生火灾。火灾一旦在城市某个边缘发生，很快就会席卷全城，因为房子都是木制房。

很多书也毁于敌人入侵。史书记载，1382 年，鞑靼人击溃莫斯科时，“为保存书籍，大量书从城市、乡村运来，堆在教堂里。”但这也无济于事，藏在教堂里的书还是被鞑靼人摧毁了。只有为数不多的手稿，穿越战火勉强传到今天。这些保存下来的书大部分是宗教书籍。这不言而喻，因为当时修道院里的宗教书籍都小心翼翼地与金银珠宝藏在一起；当发生火灾时，首要之事就是从修道院里搬出书籍和圣像。

但如果是非宗教书籍，诸如故事传说、歌集、小说集，那态度就截然不同了。这些书都是偷偷抄写和保存的。在修道院里，“唱欢歌和赞歌”的修士都会被严惩。阅读非宗教书籍被认为是有罪的。严厉的修道院院长，要是在黑衣修士那里找到某本《杰尔戈耶娃命运传》，那这位修士就会被禁食禁水，书当然也会被烧毁。

俄罗斯流传至今、最古老的手抄本是《奥斯特罗米尔福音书》。

11 世纪，诺夫哥罗德地方行政长官奥斯特罗米尔，委托助祭格里戈里抄写福音书。那时候的书也是向抄写员定制的，就像跟裁缝定制衣服一样。书做好之后非常精美：整本书都镶上了金银，还画有花纹图案和花花绿绿的大写字母。这本书见证了俄罗斯的历史，从诺夫哥罗德来到莫斯科，几个世纪后，又从莫斯科辗转到了彼得堡，现在还完好无损地保存着。

这本书曾藏在诺夫哥罗德政府大楼里，曾与宗教法衣一起被保存在莫斯科教堂的大箱子里，曾与彼得的法令一起被保存在参议院柜子中，也曾与女皇的连衣裙与上衣一起藏在衣橱中。这本书就从那里被送往公共图书馆，一直保存至今。

非宗教书籍想要保存几个世纪就难得多。历史学家偶尔才能在某个劝人为善的箴言集子中，找到古代小说和长诗。

1795 年，古书爱好者穆辛－普希金伯爵在雅罗斯拉夫尔当地修士大司祭那里，获得了几份手稿。拆开这些手稿时，他发现了八部不同作品组成的集子。

集子开头是创世的详细故事，紧接着是犹太国王、亚述王和其他国王的名单，整部“历史”以《俄罗斯大公编年史》结尾。

接下来的作品就完全不同了，有《印度富人故事》和《菲利帕和马克西姆的英勇事迹》，还有几部小说与童话，最后是《伊戈尔远征记》。流传至今的俄罗斯古代诗歌作品中，最古老、最珍贵的《伊戈尔远征记》就是这样被发现的。于是，历史学家就着手研究这部长诗。首先，要把它读懂，但要读懂似乎没那么简单。因为，这部手稿字写得太潦草，并且词与词之间不分开，所以很难读懂哪个词在哪里结束，哪个词从哪里开始。此外，文本中有很多丧失字义的古字，增加了阅读难度。

毫无疑问，如果《伊戈尔远征记》的手稿流传至今的话，它肯定已经被完全解读了。但事与愿违，这部手稿在鞑靼人入侵时保存了下来，但在法国人入侵时被毁坏了。1812 年莫斯科的一场火灾，则完全吞没了这部手稿。

《伊戈尔远征记》拥有悠久的历史。这部长诗写于 12 世纪，即大约九百年前。在穆辛 - 普希金手上的是最晚的副本。显然，这部长诗不是写在羊皮纸上，而是写在普通纸上。如今，《伊戈尔远征记》只剩下写于上世纪的副本残卷了。

我不得不结束本书的最后一章了，很遗憾，像书这样神奇的东西，我讲得还太少太少。

图书在版编目（CIP）数据

书的故事 /（苏）伊林著；王炳基译．—北京：北京联合出版公司，2018.8

ISBN 978-7-5596-2242-6

Ⅰ．①书… Ⅱ．①伊…②王… Ⅲ．儿童故事—科学故事—苏联 Ⅳ．①I512.85

中国版本图书馆 CIP 数据核字（2018）第 131142 号

书的故事
作　　者：[苏] 伊林
译　　者：王炳基
策划出品：好读文化
监　　制：姚常伟
责任编辑：孙志文
产品经理：程　斌
封面设计：仙　境
版式设计：一鸣文化

北京联合出版公司出版
（北京市西城区德外大街 83 号楼 9 层　　100088）
天津旭丰源印刷有限公司印刷　　新华书店经销
字数 80 千字　880 毫米 ×1230 毫米　1/32　4.5 印张
2018 年 8 月第 1 版　　2018 年 8 月第 1 次印刷
ISBN 978-7-5596-2242-6
定价：39.80 元